AF237001

SOKO Besemi II
Die verschwundene Familie

Juergen von Rehberg

SOKO Besemi II
Die verschwundene
Familie

Bibliografische Information der Deutschen National-bibliothek:
Die Deutsche Nationalbibliothek verzeichnet diese Publikation in der Deutschen Nationalbibliografie; detaillierte bibliografische Daten sind im Internet über http://dnb.dnb.de abrufbar.

Herstellung und Verlag: BoD – Books on Demand,

Norderstedt

ISBN: 9783754339916

Es kommt immer wieder einmal vor, dass etwas verschwindet, einfach so. Das ist eher normal und an und für sich nichts Besonderes.

Wenn aber eine ganze Familie plötzlich und unerklärbar verschwindet, dann ist das sehr wohl etwas Besonderes.

Und das war der Fall, als die Familie Dominik Schwedler, wohnhaft in einer kleinen Gemeinde in der Nähe von Pfaffenhofen, urplötzlich aus dem Dorf verschwunden war…

*****

Die Telefone von Marianne, Eva Anna, Babs und Brigitte läuteten fast gleichzeitig. Die beiden Kriminalistinnen vom LKA Krems saßen mit ihren deutschen Kolleginnen vom LKA Stuttgart gerade bei einem Heurigen in der Wachau, als der Anruf kam, der sie zu einem neuen Fall einlud.

Die Soko, welcher die Damen angehörten, trug noch immer den Namen „Besemi". Der Gedanke, ihn zu ändern, weil doch die Fälle, zu denen sie gerufen wurden, nicht explizit mit Missbrauch zu tun hatten, wurde schnell wieder verworfen.

Besonders Elke, die Kriminaloberrätin vom LKA Hamburg hatte sich dafür stark gemacht, den Namen beibehalten zu dürfen.

Sie konnte der Einladung von Marianne und Eva Anna leider nicht annehmen; weil sie zu dieser Zeit selbst mit einem Fall beschäftigt war.

Die beiden anderen vom LKA Stuttgart hatten die Tage bei ihren österreichischen Kolleginnen genossen. Wunderschöne Ausflüge, u. a. mit dem Schiff von Krems nach Melk mit Besuch des barocken Stifts waren Erlebnisse, welche bei Babs und Brigitte einen bleibenden Eindruck hinterlassen hatten.

Eine Gegeneinladung war bereits ausgesprochen worden, mit dem Hinweis, dass der Neckar durchaus vergleichbar mit der Donau wäre, wenn man einmal von der Länge und der Breite beider Wasserwege absieht.

Der Neckar besticht durch die ihn umgebenden Höhen, den Burgen und Schlössern, aber auch durch den Weinanbau, der entlang des Flusses angesiedelt ist.

Kriminaloberrätin Elke Strom hatte ebenfalls zu einem Treffen in ihre Heimatstadt geladen, was von den Kolleginnen freudig angenommen wurde.

„Es gibt Arbeit, Mädels", sagte Eva Anna, die als Erste auf den Anruf reagierte. Sie erhob ihr Glas und fügte hinzu:

„Auf die Soko Besemi und ihre Amazonen!"[1]

---

[1] *Amazonen sind in der griechischen Mythologie Frauen, die männergleich in die Schlacht zogen.*

Die anderen erhoben ihr Glas ebenfalls und stießen damit an. Die Harmonie, welche zwischen den vier Frauen herrschte, war nicht zu übersehen.

So holprig die Anfänge waren, so sehr hatte sich das Quintett inzwischen zu einer verschworenen Gemeinschaft zusammengeschweißt.

„Die nächste Runde geht auf mich", sagte Brigitte und winkte die Kellnerin herbei.

„Hätte das Böse nicht noch ein paar Tage warten können?"

Es war Marianne, die damit ihr Bedauern zum Ausdruck brachte, dass die gemeinsam verbrachten Tage ein so abruptes Ende fanden.

Eigentlich hätte der Urlaub noch bis zum Wochenende dauern sollen; aber nun war er zu Ende und die Anreise nach Bayern war schon für den kommenden Tag festgelegt.

Die Kellnerin hatte den Wein gebracht und Babs ergriff nun das Wort. Sie war die Dienstälteste in der Runde und auch der ruhende Pol in der Truppe.

„Es waren wunderschöne Tage mit euch in eurer Heimat. Und das Wetter hat auch mitgespielt."

„Kaiserwetter eben", warf Eva Anna ein, und Brigitte fügte hinzu:

„So ist das, wenn Englein reisen."

Die vier Freundinnen lachten. Ja, es hatte sich in den vergangenen Tagen eine Art Freundschaft zwischen ihnen gebildet.

Es müsste nur noch das Nordlicht Elke irgendwann später mit einbezogen werden. Aber das würde schon werden…

Babs nahm ihre kleine Dankesrede wieder auf.

„Wie ich schon sagte, es waren unvergessliche Tage, die wir mit euch verbringen durften. Brigitte und ich danken euch sehr herzlich, und wir freuen uns jetzt schon auf euren Gegenbesuch in unserer Heimat."

„Gibt es bei euch überhaupt einen gescheiten Wein?", fragte Marianne scherzhaft.

„Nichts gegen euren Grünen Veltliner", erwiderte Babs lächelnd, *„aber bei uns kennt jedes Kind den Spruch:*

Kenner trinken Württemberger."

Eva Anna parierte diesen bekannten deutschen Werbeslogan mit den Worten:

„Auch wir haben einen solchen Spruch:

*Es weiß jeder Mann und auch jede Frau,
der allerbeste Wein wächst in der Wachau."*

„Den kenn ich gar nicht", sagte Marianne erstaunt.

„Das ist kein Wunder; Mariandl", erwiderte Eva Anna, *„den hab ich grad erfunden."*

Die vier Frauen mussten herzlich lachen. Sie lachten so laut, dass die anderen Gäste fast vorwurfsvoll zu ihnen hinsahen.

„Wir müssen leise sein", sagte Babs, *„sonst ruft der Wirt noch die Polizei."*

Nun gab es kein Halten mehr. Hörte die eine auf zu lachen, fing die andere wieder an. So ging das im Wechsel, bis die Wirtin kam und höflich fragte:

„Ist bei Ihnen alles in Ordnung, meine Damen?"

„Danke der Nachfrage, Frau Wirtin", antwortete Babs und fügte hinzu, nachdem sich die Wirtin wieder entfernt hatte.

„Das mag ich so an euch Österreichern. Die gleiche Situation bei uns wäre völlig anders verlaufen. Ihr habt da auch ein Wort dafür."

„Meinst du vielleicht den <Schmäh>", fragte Marianne.

„Ja, den meine ich", antwortete Babs...

*****

Die Wiedersehensfreude war groß, als Elke auf ihre Kolleginnen traf.

„Du hast echt etwas verpasst", sagte Babs, als sie Elke umarmte. „Die Tage in der Wachau waren himmlisch."

„Das glaube ich", erwiderte Elke, „ich wäre sehr gern dabei gewesen. Vielen Dank auch noch für die Bilder, die ihr mir geschickt habt. Es hat mir jedes Mal einen Stich versetzt, wenn ich sie mir angeschaut habe."

„Das war aber nicht unsere Absicht", versuchte Brigitte zaghaft eine Entschuldigung.

„Das weiß ich doch, Biggi", sagte Elke lachend, „das war ein Scherz von mir."

Im Verlauf der vergangenen Fälle, welche das Ermittler-Quintett bearbeitete, war aus Brigitte „Biggi" geworden. Und Brigitte freute sich darüber. Sie empfand das fast ein wenig als eine Auszeichnung.

„So, meine Damen, jetzt wollen wir uns aber der Arbeit zuwenden. Und den Urlaub in der Wachau, den wiederholen wir. Und dann werde ich mit dabei sein. Aber vorher kommt ihr alle nach Hamburg."

Da war sie wieder: Elke – eine Mischung aus Pragmatismus und Herzlichkeit.

*****

Neu-Rieventhal war eine kleine Gemeinde mit gerade einmal 1200 Einwohnern. Die meisten männlichen Einwohner waren bei einer bekannten Autobauerfirma in der Nähe beschäftigt.

Ansonsten schien die Zeit in dieser Gemeinde stehen geblieben zu sein: kein Kino, keine Disco, aber mehrere Gasthäuser, die kulturellen Mittelpunkte.

Es gab weder einen Arzt noch einen Zahnarzt. Der Ortsvorsteher hatte seinen Amtssitz in seinem eigenen Wohnhaus und die katholische Kirche war durch eine kleine Kapelle repräsentiert, die unter der Zeit völlig ausreichte und lediglich an Weihnachten etwas aus den Nähten zu platzen drohte.

Das Pfarrhaus hatte bescheidene Ausmaße und sein Bewohner sollte - altersmäßig gesehen – schon längst seinen Ruhestand genießen.

Und hier sollte das Unglaubliche geschehen sein. Eine Familie, bestehend aus vier Personen war verschwunden.

Dominik Schwedler, 49 Jahre alt, von Beruf Karosseriebauer, seine Ehefrau Erika, 45 Jahre alt, als Kassiererin bei einem Supermarkt in der Nähe tätig, und deren Kinder, Lars, 23 Jahre alt, Student an der Uni München, sowie Laura, 22 Jahre alt und von Beruf Arztassistentin.

*****

Man hatte den Damen der Soko „Besemi" in der Polizeidirektion Pfaffenhofen einen Raum als Büro zur Verfügung gestellt.

Das war keinesfalls mit großer Herzlichkeit geschehen. Das bayrische Polizeiorgan sah keine Notwendigkeit darin, Kollegen aus dem Schwabenland und dem hohen Norden zur Klärung des Falles zu bemühen. Und dazu noch weibliche Kollegen.

Und dass man auch noch Frauen aus Österreich benötigte, um das Verschwinden von deutschen Staatsbürgern auf deutschen Boden zu klären, setzte allem die Krone auf.

Und sowieso...

Die ganze Angelegenheit war einfach nur lächerlich. Es gab keine Anzeige und es wurden keine Leichen gefunden. Keine Leichen – kein Verbrechen. So einfach war das. Zumindest aus der Sicht bayrischen Weitblicks.

Da hatten sich wohl irgendwelche Kasperln im Ministerium wichtigmachen wollen. Und sonst gar nichts...

Elke und ihre Kolleginnen spürten die abweisende Art ihrer bayrischen Kollegen deutlich; kümmerten sich aber nicht darum.

Sie waren vor Ort, um ihre Arbeit zu machen, und nicht, um mit Machos in Uniform Freundschaft zu schließen.

14

„Wieso befassen wir uns mit einem Fall, der erkennbar noch nicht einmal einer ist?"

Elke sah Eva Anna an und antwortete:

„Deine Frage ist durchaus berechtigt, Eva. Aber es steckt mehr dahinter, als die Kollegen jenseits der Zimmertür wissen."

Jetzt wurden auch die übrigen Ermittlerinnen hellhörig.

„Was heißt das, Elke?", fragte Babs.

„Der Verfassungsschutz hatte die Familie seit Langem im Visier."

„Terroristen?"

Ein Hauch von Entsetzen lag in dem Wort, welches Biggi hervorgestoßen hatte.

„Vermutlich IS", sagte Elke.

„Und warum dürfen das die Kollegen jenseits dieser Tür nicht wissen?"

Marianne hatte die Formulierung von Elke übernommen, als sie das fragte.

„Anordnung von oben. Man will wohl ausschließen, dass eventuell Sympathisanten unter den Kollegen sind."

„*Oha!*"

Eva Anna war es einfach nur herausgerutscht.

„*Bei diesen Sturschädeln kann man ja nie wissen.*"

„*Sachte, sachte, Babs*", bremste Elke ihre Kollegin ein.

„*Ist doch wahr…*"

Babs hatte es leise über ihre Lippen gleiten lassen, aber laut genug für die Anwesenden.

„*Also wie gehen wir vor?*", fragte Biggi. „*Hast du schon einen Schlachtplan?*"

Als Elke nicht gleich darauf antwortete, sagte Eva Anna:

„*Auf die bewährte Methode: Getrennt ermitteln – vereint zuschlagen.*"

Das Lachen der Ermittlerinnen sorgte für eine gewisse Entspannung.

Mit Terrorismus hatten die fünf Frauen bisher noch keine Berührungspunkte. Das war absolutes Neuland für sie.

*****

Der Leiter der Dienststelle hatte zu einem kleinen Umtrunk geladen.

„Ich begrüße Frau Polizeioberrat Storm, sowie unsere Kolleginnen aus den Bundesländern und aus Österreich recht herzlich.

Es ist das erste Mal, dass wir auf dieser Basis zusammenarbeiten werden und ich hoffe, dass es eine fruchtbare Kooperation werden wird.

Was mich angeht, so können Sie, verehrte Frau Storm und Ihr Mitstreiterinnen auf meine vollste Unterstützung rechnen.

Ich denke, ich spreche hierbei auch für meine restlichen Kollegen. "

„Und Kolleginnen. "

Die Köpfe der Anwesenden flogen herum, als sie den verbalen Einwurf einer jungen Frau hörten.

„Natürlich auch von den weiblichen Kollegen, Frau Schenk", ergänzte der Redner augenblicklich seine Ausführungen mit einem wenig überzeugenden Lächeln und fügte noch hinzu:

„Darf ich Ihnen bei der Gelegenheit die Polizeihauptmeisterin Karola Schenk vorstellen, liebe Frau Storm. Sie wird Ihnen zuarbeiten.

Aber jetzt lassen Sie uns das Glas erheben und auf gute Zusammenarbeit trinken. Sehr zum Wohl! "

Nachdem Elke einen Schluck genommen hatte, ergriff sie – zum Erstaunen der Anwesenden - ebenfalls das Wort.

„Vielen Dank für Ihr freundliches Willkommen, verehrter Herr Kollege, sowie die Zusage Ihrer Unterstützung und die Ihrer Kolleginnen und Kollegen."

Für die Polizeihauptmeisterin Karola Schenk waren Elkes Worte Balsam für die zarte Seele. Als nicht Bayerin und als eine der wenigen weiblichen Beamtinnen hatte sie einen schweren Stand.

„Danke auch dafür, dass Sie uns die junge, sympathische Kollegin zur Seite stellen", fuhr Elke fort. Dann erhob sie ebenfalls ihr Glas und mit einem *„auf gute Zusammenarbeit!"* beendete sie ihre kleine Ansprache.

Während die männlichen Kollegen ihre kalte Schulter zeigten, applaudierten die Mitglieder der Soko „Besemi" und die Polizeihauptmeisterin Karola Schenk in als beinah frenetisch zu bezeichnender Manier.

Elke ging auf die junge Frau zu und streckte ihr die Hand entgegen.

„Ich freue mich auf unsere Zusammenarbeit, Frau Schenk."

„Bitte, nennen Sie mich Karola, Frau Oberrat", sagte die junge Frau zaghaft, worauf Elke erwiderte:

„*Das mache ich gerne, Karola. Dann bin ich die Elke. Die anderen Mitglieder der Truppe stelle ich dir später vor.*"

„*Wann beginnen wir mit den Ermittlungen?*", fragte Karola.

„*Morgen, mien Deern*", antwortete Elke. „*Heute schauen wir uns ein wenig die Stadt an und morgen stürzen wir uns dann in die Arbeit.*"

Elke musste gerade daran denken, dass die Bezeichnung „mien Deern" vielleicht nicht ganz political correct war, verwarf den Gedanken aber sofort wieder, als sie in das strahlende Gesicht von Karola blickte.

„*Wenn Sie möchten, dann kann ich die Fremdenführerin für Sie spielen. Ich bin zwar keine Einheimische, aber ich kenne mich schon recht gut hier aus.*"

Elke lächelte. Die junge Frau hatte sie vor lauter Aufregung wieder gesiezt.

„*So machen wir das, Karola*", sagte Elke und Karola erwiderte:

„*Sie können mich gern wieder so wie vorhin nennen; das hat mir sehr gefallen.*"

„*Na denn man tau, mien Deern*", sagte Elke, „*aber nur, wenn du aufhörst, mich zu siezen.*"

*****

Pfaffenhofen a. d. Ilm hat ca. 27.000 Einwohner und wurde im Oktober 2011 mit dem International Award for Liveable Communities, kurz LivCom-Award, ausgezeichnet. Die Stadt gilt als weltweit lebenswerteste Stadt zwischen 20.000 und 70.000 Einwohnern. Pfaffenhofen konnte die Jury in den sechs Kategorien Lebensraum-Gestaltung, Kulturförderung, Bewahrung des traditionellen Erbes, Bürgerbeteiligung, Gesundheit und Soziales oder Strategien für die Verbesserung von Umweltschutz und Lebensqualität überzeugen.

Nur zwei Jahre später wurde sie von der Jury des deutschen Nachhaltigkeitspreises in Würdigung der erfolgreichen Öko-Bilanz und der menschengerechten Stadtplanung mit dem Prädikat „Nachhaltigste Kleinstadt Deutschlands" ausgezeichnet.

„Dafür, dass du nicht von hier stammst, kennst du dich recht gut aus", sagte Eva Anna, als sie mit ihren Kolleginnen und Karola bei einem Glas Wein in einem Lokal zusammensaß.

„Von wo stammst du eigentlich?"

„Ich bin aus Hessen; genauer gesagt aus Offenbach, dem Vorzimmer Frankfurts", antwortete Karola.

„Und wie kommst du dann nach Bayern?", fragte Biggi.

Karola zögerte einen kurzen Augenblick, bevor sie antwortete.

„Der Liebe wegen", sagte sie dann, und in ihrer Antwort lag wenig Freudiges.

„Bist du verheiratet? Hast du Kinder?"

Elke sah Biggi fast strafend an. Sie hatte im Gegensatz zu Biggi herausgehört, dass Karola weder verheiratet war, noch Kinder hatte.

„Es hat nicht funktioniert", gab Karola Antwort auf Biggis Frage.

„Andere Mütter haben auch schöne Söhne", sagte Babs, um das leidige Thema zu ersticken.

„Es ist schön, dass du mit uns arbeiten wirst", sagte Marianne und erhob ihr Glas.

„Willkommen bei der Soko <Besemi>, liebe Karola!"

„Ihr seid alle so nett", erwiderte Karola, deren Augen ein wenig zu glänzen begannen, *„vielen Dank!"*

*****

Die Ermittlerinnen staunten nicht schlecht, als sie am nächsten Morgen ihr Büro betraten.

Fünf Schreibtische mit Computern und Bildschirmen warteten auf ihren Einsatz. Dazu kamen noch ein Drucker, sowie eine Espressomaschine, Tassen, Teller und Besteck.

„Jetzt fehlt nur noch der Wurli", sagte Eva Anna scherzhaft, worauf sie und Marianne herzlich lachten.

„Wer ist das?", fragte Babs, worauf Marianne antwortete:

„Ihr wisst nicht, was ein Wurlitzer ist?"

Das Schweigen der nicht österreichischen Anwesenden veranlasste Marianne zu antworten:

„Ihr wisst schon, was eine Jukebox ist. Oder?"

„Natürlich", befleißigte sich Biggi, ihr Wissen einzubringen, *„das ist eine Musikbox, mit der man Platten abspielt."*

„Richtig, liebe Biggi", erwiderte Marianne, *„und bei uns heißt dieses Teil Wurlitzer oder kurz Wurli."*

„Nachdem wir das geklärt haben, können wir uns ja nun unserem Fall zuwenden."

„Als Erstes brauchen wir noch eine weitere Sitzgelegenheit. Unsere tüchtigen Kollegen können offenbar nicht bis auf sechs zählen."

„Darum werde ich mich gleich kümmern", sagte Karola und verließ den Raum.

Elke entnahm ihrer Tasche mehrere Sticks und reichte den anderen jeweils einen davon.

„Das ist die Akte zu unserem Fall. Spielt sie auf eure Rechner. Aber zuvor deaktiviert ihr das WLAN, sodass niemand auf die Rechner zugreifen kann. Unsere Tätigkeit darf durch niemand außerhalb dieses Raumes zugänglich sein."

„Und was ist, wenn wir im Netz etwas recherchieren müssen?", fragte Biggi.

„Dann benützen wir unsere eigenen Tablets und Smartphones."

„Und was machen wir mit Karola?", setze Biggi nach.

„Das weiß ich noch nicht", antwortete Elke, *„das muss ich erst noch checken. Aber ich denke, wir können ihr vertrauen."*

„Das glaube ich auch", sagte Eva Anna und die anderen stimmten ihr zu.

Es klopfte und Karola trat ein, bewaffnet mit einem Bürostuhl, den sie vor sich herschob.

„Wo soll ich mich hinsetzen?"

„Du sitzt neben mir", antwortete Elke.

*****

„Wie kann es passieren, dass eine ganze Familie über Nacht verschwindet, ohne dass es irgendjemand bemerkt?"

Die Ermittlerinnen hatten die Akte „Schwedler" studiert und begannen mit dem Brainstorming.

„Das ist die 1 Million-Dollar-Frage", antwortete Elke auf Mariannes Frage.

„Es gibt doch Nachbarn", sagte Marianne weiter, *„die müssten doch etwas bemerkt haben."*

Und nach einer kurzen Pause: *„Zumal das Haus völlig leergeräumt wurde. Das kann man doch nicht machen, ohne Aufsehen zu erregen."*

„Das müssen wir herausfinden, meine Lieben", sagte Elke. *„Wir fahren jetzt zu dem besagten Haus und sehen uns das an.*

Dann kümmern wir uns um die lieben Nachbarn. Wir bilden wieder Zweierteams. Eva Anna mit Biggi und Marianne mit Babs. Karola und ich bilden das dritte Team.

Und noch eines. Alles, was wir hier besprechen und alles, was wir recherchieren, bleibt unter uns."

Elke hatte dabei zu Karola geblickt, als sie das sagte und Karola nickte heftig.

*****

Schon als sie in das Dorf hineinfuhren, war Elke aufgefallen, dass Neu-Rieventhal ausschließlich aus neuen Bauten bestand.

„Ist das nicht merkwürdig", sagte Elke zu Karola, *„keine alten, verfallenen Häuser, wie man das in einem solchen Dorf doch eher erwarten würde…"*

„So viel ich weiß, handelt es sich um ein spezielles Wohnbau-Projekt des Landes Bayern", antwortete Karola, worauf Elke lediglich die Stirn runzelte.

Dann kamen sie zu dem Haus, in welchem noch vor Kurzem die Familie Schwedler gewohnt hatte.

Als sie das Haus betraten, kam ihnen ein seltsamer Geruch entgegen.

„Nach was riecht es hier?", fragte Karola und Elke antwortet:

„Reinigungsmittel oder Desinfektionsmittel. Irgend so etwas eben. Es wäre interessant zu wissen, wer da tätig war und zu welchem Zweck."

„Ich werde mich darum kümmern", sagte Karola.

„Mach das, mien Deern", erwiderte Elke, und Karola fühlte einen wohligen Schauer bei diesen Worten. Es gefiel ihr einfach.

„Siehst du das?", fuhr Elke fort, *„man kann an den Wänden ganz genau sehen, wo früher Möbel standen, und Bilder hingen."*

25

Karola nickte. Das Ganze kam ihr ein wenig gruselig vor.

„Glaubst du, sie wurden ermordet?"

Diese Worte waren wie eine Explosion.

Elke schaute Karola verwundert an. Sie hatte in diesem Augenblick genau dieselben Gedanken wie ihre junge Kollegin.

„Wie kommst du darauf?", fragte sie Karola.

„Ich weiß es nicht", antwortete Karola, *„einfach nur so…"*

In diesem Moment betrat eine Frau das Zimmer, in welchem sich Elke und Karola gerade befanden.

„Grüß Gott, die Damen. Wer sind Sie und was machen Sie hier?"

Elke zückte ihren Dienstausweis und hielt ihn der Frau vors Gesicht.

„Ich heiße Elke Storm und das ist Karola Schenk. Wir sind vom LKA. Und wer sind Sie?"

„Mein Name ist Christine Auhofer. Ich bin die Nachbarin."

Christine Auhofer hatte einen Gang zurückgeschaltet, als sie das sagte.

„Bitte, entschuldigen Sie meinen etwas forschen Ton; aber es treibt sich allerhand Gesindel in der Gegend herum. Und als gute Nachbarn schaut man eben etwas genauer."

„Das ist in Ordnung, Frau Auhofer, und auch äußerst löblich", erwiderte Elke, „aber da Sie schon einmal hier sind, könnten Sie uns vielleicht ein paar Fragen beantworten."

„Sehr gern", antwortet Christine Auhofer, „wenn ich Ihnen damit helfen kann..."

„Das können Sie, Frau Auhofer", erwiderte Elke und bedeutet Karola durch ein Kopfnicken, sie möge Aufzeichnungen machen.

Sobald Karola der nonverbalen Aufforderung nachgekommen war und ihren Notizblock bereithielt, begann Elke mit den Fragen.

„Frau Auhofer; hier hat doch noch bis vor Kurzem die Familie Schwedler gewohnt."

„Ja, das stimmt", antwortete die Nachbarin, „es ist schade, dass sie von hier weggezogen sind. Das waren so liebe Leute."

„Weggezogen sagen Sie?", wiederholte Elke erstaunt das Gesagte.

„Ja; weggezogen", bestätigte Christine Auhofer.

„*Interessant*", sagte Elke mit einem Seitenblick hin zu Karola, „*weggezogen also…*"

Die Nachbarin nickte aus einem Unverständnis heraus, warum die Polizistin so auf dem Wort „weggezogen" herumritt.

„*Und Sie haben das gesehen, dass die Familie Schwedler von hier weggezogen ist. Oder haben Sie vielleicht noch bei dem Umzug mitgeholfen?*"

Die Frage und der scharfe Ton verunsicherten die Nachbarin.

„*Nein, ich habe es nicht gesehen, und nein, ich habe auch nicht dabei geholfen, weil ich an diesem Tag gar nicht hier war*", antwortete Christine Auhofer nun ihrerseits etwas gereizt.

Elke bemerkte, dass sie ein wenig über das Ziel hinausgeschossen war. Sie wollte sich entschuldigen, als die Nachbarin nachlegte:

„*Ich war mit meinem Mann im Allgäu Urlaub machen. Genauer gesagt in Leutkirch in der Pension Edelweiß. Sie können gern dort nachfragen.*"

„*Das machen wir, Frau Auhofer*", erwiderte Elke, die beschlossen hatte, anstatt sich zu entschuldigen, den Fehdehandschuh aufzunehmen.

„*Wieso wissen Sie dann, dass die Familie weggezogen ist, wenn Sie doch gar nicht da waren?*"

„*Was sollen sie denn gemacht haben?*", gab sich Christine Auhofer kampflustig, „*in Luft werden sie sich wohl kaum aufgelöst haben.*"

Und bevor Elke mit ihrer Befragung fortfahren konnte, verabschiedete sich die Nachbarin.

„*Ich geh jetzt. Und wenn Sie noch etwas wissen wollen, dann laden Sie mich vor. Habe die Ehre!*"

„*Das machen wir, Frau Auhofer. Sie müssen ja auch das Protokoll unseres Gesprächs unterschreiben. Also bis demnächst und vielen Dank!*"

„*Was war das denn?*", fragte Karola, als die Frau gegangen war.

„*Das war bayrische Urwüchsigkeit, liebe Kollegin*", antwortete Elke zynisch.

„*Das ist lustig*", erwiderte Karola, „*dabei hat die Frau gar nicht richtig bayrisch geklungen.*"

„*Ich kann das nicht beurteilen*", sagte Elke, „*ich kann mit diesem Kauderwelsch nichts anfangen…*"

„*Das sollten Sie bitte niemals laut sagen*", erwiderte Karola, „*das könnte böse ins Auge gehen.*"

„*Du wirst mich schon beschützen, mien Deern*", sagte Elke mit einem Augenzwinkern, „*und ich heiße Elke und nicht SIE.*"

*****

Die weitere Inaugenscheinnahme hatte keinerlei Erkenntnisse gebracht und so waren Elke und Karola wieder zurückgefahren.

„Habt ihr etwas Verwertbares zu berichten?", fragte Elke die beiden anderen Teams.

„Konfuzius sagt: <mizaru, kikazaru, iwazaru.>"

Die Kolleginnen von Babs sahen sie mit großen Augen an.

„Was war das denn?", fragte Eva, worauf Babs antwortete:

„Japanisch, ihr Ungebildeten; das war japanisch und bedeutet <nichts sehen, nichts hören, nichts sagen.>"

Das Erstaunen in der Runde nahm gerade progressiv zu. Biggi fand als Erste ihre Sprache wieder. Sie sah Babs voller Bewunderung an und fragte:

„Du kannst Japanisch?"

„Natürlich nicht; das ist Google-Abitur", antwortete Babs. *„Das habe ich irgendwann einmal gelesen und es hat mir so gut gefallen, dass ich es mir gemerkt habe."*

Das Erstaunen wechselte unmittelbar in eine große Heiterkeit über.

„Das heißt, ihr habt nichts von den Leuten erfahren", interpretierte Marianne die Worte von Babs.

„Überhaupt nichts", antwortete Babs. *„Das gesamte Dorf hüllt sich in tiefes Schweigen."*

„Dann müssen wir anders an die Sache herangehen", sagte Elke, *„als Nächstes befragen wir Pfarrer, Bürgermeister und die Arbeitgeber der Familie.*

Vielleicht erfahren wir da mehr. Aber irgendwie habe ich das Gefühl, dass hier etwas ganz gewaltig gen Himmel stinkt..."

*****

Der Bürgermeister der Gemeinde, in Neu-Rieventhal als „Ortsvorsteher" bezeichnet, wohnte am Rande des Dorfes.

Sein Haus diente gleichzeitig als Verwaltungsgebäude der Gemeinde in Form eines einzigen Raumes.

Es war etwas aufwendiger gestaltet als die übrigen Häuser im Dorf. Vor dem Haus stand ein Flaggenmast, an dessen Spitze die bayrische Fahne wehte.

Karola Schenk, inzwischen mit einem speziellen Dienstausweis ausgestattet, den Elke durch ihre Hamburger Dienststelle hatte anfertigen lassen, stattete dem Ortsvorsteher einen Besuch ab.

Als sich die Tür öffnete und eine junge Frau, ungefähr in Karolas Alter, heraustrat, hielt Karola ihr voller Stolz ihren Dienstausweis vor die Nase.

„Karola Schenk, Sonderermittlerin des LKA Hamburg. Ich möchte den Bürgermeister sprechen, falls er da ist. Wenn nicht, so soll er morgen früh in die hiesige Dienststelle der Polizei kommen."

Karola genoss jedes ihrer bedeutsamen Worte und schaute erwartungsvoll in das Gesicht ihres Gegenübers.

„Einen Bürgermeister haben wir hier keinen", antwortete die junge Frau, *„aber vielleicht tuts auch ein Ortsvorsteher."*

„Und wer sind Sie?", versuchte Karola ihre scheinbar schwindende Bedeutsamkeit aufzufrischen.

„Ich bin die Ehefrau des Ortsvorstehers", kam die knappe Antwort.

„Hat die Ehefrau des Ortsvorstehers vielleicht auch einen Namen?", fragte Karola mit fester Stimme.

Das zeigte überraschenderweise Wirkung.

„Marianne Kerschbaumer", antwortete die junge Frau mit einer Stimme, die einem Friedensangebot ähnelte.

„*Und, Frau Kerschbaumer? Ist er da, der Herr Ortsvorsteher?*"

Karola hatte die Angelegenheit nun fest im Griff.

„*Ja*", antwortete Marianne Kerschbaumer, „*bitte, kommen Sie. Ich werde Sie zu ihm bringen.*"

Hans Kerschbaumer begrüßte die Polizeihauptmeisterin mit großer Herzlichkeit.

„*Grüß Gott, Frau Kommissarin! Was kann ich für Sie tun?*"

Karola wollte den Mann korrigieren, ließe es aber sein. Eigentlich fühlte sie sich ja eher als eine Kommissarin, denn eine Polizeihauptmeisterin. Und im Grunde genommen, könnte man sie ja als eine Art „kommissarische Kommissarin" bezeichnen.

Karola musste unwillkürlich lächeln. Der Ortsvorsteher schien das bemerkt zu haben, denn er sagte:

„*Es ist immer schön, wenn man einem wohlgelaunten Menschen begegnet. Sagen Sie mir jetzt nur noch, was Sie zu mir führt.*"

„*Sie sind kein Einheimischer*", sagte Karola, „*habe ich recht?*"

„*Wir sind aus der Hauptstadt, Frau Kommissar*", erwiderte der Ortsvorsteher. „*Aber Sie sind auch nicht aus der Ecke hier. Richtig? Von wo kommen Sie?*"

„*Aus Frankfurt*", antwortete Karola, denn Offenbach schien ihr zu gering als Gegenpol zu Berlin.

„*Dann sind wir ja beide keine Eingeborenen*", scherzte der Ortsvorsteher und bot Karola an, sie möge doch auf dem Stuhl vor dem Schreibtisch des Amtsträgers Platz nehmen.

„*Also was kann ich für Sie tun, Gnädigste?*"

Das hätte der Ortsvorsteher nicht tun sollen. Diese geschwülstige Anrede führte Karola augenblicklich in ihre berufliche Distanz zurück.

„*Es geht um die Familie Schwedler in der Ludwig-Thoma-Straße*", begann Karola ihre Befragung.

Weiter kam sie nicht. Der Ortsvorsteher übernahm sofort das Wort.

„*Ich habe schon gehört, dass sich die Polizei dafür interessiert. Ich verstehe zwar nicht, warum; aber Sie werden mir das sicher gleich erklären.*"

„*Man sagte uns, die Familie wäre weggezogen*", fuhr Karola fort.

„*Zu meinem größten Bedauern*", sagte der Ortsvorsteher, „*eine sehr liebe Familie. Herr Schwegler war ja bei SCV und seine Frau arbeitete als Kassiererin im Supermarkt. Damit gehen dem Arbeitsmarkt zwei tüchtige Arbeitskräfte verloren.*"

Karola schluckte. Das war wohl für ihren Geschmack etwas zu dick aufgetragen.

„Wissen Sie, welche Firma den Umzug durchgeführt hat?", fragte Karola.

„Leider nicht", antwortete der Ortsvorsteher. *„Die Familie hat auch verabsäumt, sich meldetechnisch abzumelden. Sie müssen es wohl vergessen haben."*

„Ist das nicht ungewöhnlich?", fragte Karola.

„Eigentlich schon", bemerkte der Ortsvorsteher leicht grüblerisch, *„aber was soll man sagen; man kennt ja die Hintergründe nicht. Und vielleicht holt es die Familie ja noch nach."*

„Haben Sie vielleicht eine Telefonnummer von Herrn oder Frau Schwedler?", fragte Karola.

„Da müsste meine Gattin erst nachschauen", antwortete der Ortsvorsteher. *„Sie müssen wissen, meine Marianne ist so etwas wie meine Sekretärin. Natürlich nicht offiziell und ohne Bezahlung."*

„Lassen Sie nur", entgegnete Karola, *„ist nicht so wichtig."*

Karola sagte das in dem Bewusstsein, die Antwort schon vorher zu kennen.

„Eine Frage hätte ich noch. Dass das Wohnhaus der Familie leer steht, haben Sie ja schon mitbekommen."

„Natürlich, Frau Kommissar", sagte der Ortsvorsteher, *„wir suchen ja schon nach einem Nachmieter."*

„Heißt das, das Haus gehört der Gemeinde?", fragte Karola überrascht.

„Alle Häuser im Dorf gehören der Kommune", erklärte der Ortsvorsteher.

„Dann sind Sie auch für die Reinigung des Hauses verantwortlich?"

Bei dieser Frage glaubte Karola eine kleine Verunsicherung bei dem Ortsvorsteher zu bemerken.

„Das hat unser Faktotum, Herr Strauß gemacht", übernahm die Gattin des Ortsvorstehers die Antwort.

„Aha", sagte Karola bedeutungsvoll, *„und wo finde ich diesen Herrn?"*

„Ich schreibe Ihnen die Adresse auf", sagte der Ortsvorsteher.

Kurz darauf verließ Karola das Ehepaar mit einem nur schwer zu beschreibendem Gefühl…

*****

36

„Das war ganze Arbeit, Karola", sagte Elke, als die Sonderermittlerin ihren Bericht den Kolleginnen unterbreitete.

„Soll ich jetzt diesen Herrn Strauß interviewen?", fragte Karola kampfeslustig.

„Nein", sagte Elke, *„wir lassen den Mann von einer Streife abholen. Das macht ihn vielleicht eher gesprächiger, als würden wir ihn in seinem Bau aufsuchen."*

Karola bewunderte ihre Kollegin. Sie wünschte sich, einmal so zu werden wie sie: Tough und straight.

„Ich werde das Gefühl nicht los, dass wir gewaltig an der Nase herumgeführt werden."

Marianne sprach das aus, was ihre Kolleginnen ebenfalls dachten.

„Sollen sie das ruhig glauben", sagte Eva Anna, *„wir werden sie noch eines Besseren belehren."*

„Einer für alle – alle für einen!"

Dieser Spruch von Dumas „Die drei Musketiere" kam aus Biggis Mund. Sie hielt ihren Kolleginnen die ausgestreckte Hand entgegen.

Babs war die Erste, die sich auf dieses seltsam anmutende Prozedere einließ und legte ihre Hand auf die Hand von Biggi.

Eva Anna und Marianne mussten herzlich lachen, als sie sich anschlossen. Nur Elke hielt sich noch zurück.

„Ist das euer Ernst?", sagte sie, und als alle nickten, gab sie sich einen Ruck.

„Wenn das jemand sehen könnte, wäre das wohl das Ende der Soko Besemi."

Karola hatte den Vorgang beobachtet und war sich nicht sicher, wie sie reagieren sollte.

„Was ist los, mien Deern?", fragte Elke, *„gehörst du nun zu uns oder nicht?"*

Karola betrachtete das seltsam anmutende Schauspiel. Da standen fünf Frauen im Kreis und hielten ihre Hände aufeinander. Ein wenig schräg war das schon.

„Na, komm schon, Schwester", sagte Babs mit schwäbischer Gelassenheit, *„mir fällt gleich der Arm ab."*

Karola kam der Aufforderung nun endlich nach. Es fühlte sich gut an. Es gab ihr das Gefühl, vorbehaltlos dazu zu gehören.

Ihr fiel in diesem Moment ein, wie der Leiter der Dienststelle reagiert hatte, als sie ihm voller Stolz ihren Sonder-Dienstausweis gezeigt hatte.

„Der Ausweis ist etwas für den Fasching oder für den 1. April", hatte er zu Karola gesagt, *„der ist nichts wert. Den kannst du gleich in die Mülltonne werfen."*

Das hätte er nicht tun sollen. Als sie Elke davon erzählte, suchte diese umgehend den Dienststellenleiter auf.

„Grüß Gott, liebe Frau Storm. Was führt Sie zu mir, Verehrteste?"

Mit diesen Worten, eingebettet in bayrischem Charme, begrüßter der Dienststellenleiter die Eintretende.

„Für Sie immer noch <Frau Kriminaloberrat>, erwiderte Elke mit harschem Ton.

„Was haben Sie sich eigentlich dabei gedacht, sich über den Sonderausweis der Kollegin Schenk lustig zu machen?"

Der Dienststellenleiter zuckte zusammen. So hatte sich noch niemals zuvor jemand getraut, ihn in seinem Reich dermaßen anzugehen.

„Wir werden jetzt meinen Chef beim LKA Hamburg anrufen, damit er Ihnen die Bedeutung dieses Dokumentes näherbringt."

Der Dienststellenleiter wollte gerade etwas erwidern, als Elke hinzufügte:

„Wissen Sie was, verehrter Herr Kollege? Wir rufen am besten gleich den Staatssekretär im Innenministerium an. Er ist ein sehr lieber Freund von mir, und von ihm stammt auch die Idee für den Sonderausweis."

Hing der Dienststellenleiter gerade noch in den Seilen, so ging er jetzt endgültig K.o. zu Boden.

„Ich habe doch nur einen Spaß gemacht", versuchte der arme Mann sich krampfhaft zu rechtfertigen, während sein Gesicht sich dunkelrot verfärbte.

Elke, die den Staatssekretär überhaupt nicht kannte, ja noch nicht einmal wusste, wie er heißt, hatte große Mühe, nicht loslachen zu müssen.

Sie sah das Häuflein Elend lange an, bevor sie zum nächsten Schlag ausholte.

„Ich bin einmal gespannt, ob der Herr Staatssekretär das ebenso lustig findet wie Sie."

Sie hielt ihr Smartphone demonstrativ vor sich und begann die Nummer der Zeitansage zu wählen.

„Bitte nicht…", kam es flehentlich aus dem Mund des Dienststellenleiters, *„bitte, tun Sie das nicht. Ich werde mich auch bei Frau Schenk entschuldigen."*

Elke hörte sich noch einen kurzen Moment die Mitteilung über die momentane Zeitangabe an und sagte dann:

„Es hat sich gerade erledigt, Frau Hauser. Richten Sie dem Staatssekretär aus, ich werde ihn später anrufen. "

Elke beendete das einseitige Telefongespräch. In der Eile war ihr nur der Name einer Hamburger Kollegin eingefallen, den sie als „Avatar" für die imaginäre Sekretärin des imaginären Staatssekretärs benötigte.

„Ich danke Ihnen sehr, Frau Kriminaloberrat", stammelte ein völlig demoralisierter Revierleiter und fügte hinzu:

„Wenn Sie irgendetwas brauchen oder wenn ich sonst etwas für Sie tun kann, bitte zögern Sie nicht, sich vertrauensvoll an mich zu wenden. "

„Danke; im Moment kein Bedarf", erwiderte Elke, *„bringen Sie erst die unschöne Angelegenheit mit Frau Schenk in Ordnung. "*

„Selbstverständlich, Frau Kriminaloberrat. Schicken Sie mir die Kollegin einfach vorbei. "

Der Revierleiter sah Elke an und erkannte in ihrem Blick sofort den Fehler, den er gerade gemacht hatte. Er bemühte sich umgehend um Schadensbegrenzung.

„Wissen Sie was? ", sagte er in einem verbindlichen Tonfall, *„ich begleite Sie ganz einfach und erledige das an Ort und Stelle, wenn es Ihnen genehm ist. "*

„Ich habe nichts anderes von Ihnen erwartet, Kollege", erwiderte Elke und schenkte dem Gebeutelten ein verhaltenes Lächeln, das diesem wie ein Sonnenaufgang erschien.

*****

Eberhart Strauß war ein Mann Ende fünfzig. Sein Dienstfahrzeug war ein Moped einer etwas älteren Bauart, das nicht nur sehr laut war, sondern auch gewaltig stank.

Mit ihm fuhr er durch den Ort, um irgendwelchen Aufgaben nachzukommen. Meistens hatte er ein kleines Wägelchen hinten angehängt, aus dem Schaufel und Besen herausragten.

Er war wirklich eine Art Faktotum und ortsbekannt. Sein Markenzeichen war eine Zigarre, die er lässig im Mund hielt und die meistens nicht angezündet war.

Als ihn die Streife von zu Hause abholte, bat er um einen Augenblick Geduld, um sich umziehen zu können. Den Grund für die Vorladung wollte er erst gar nicht wissen. Eberhart war eben durch und durch ein Diener der Gemeinde, der machte, was man ihm sagte, ohne Dinge zu hinterfragen.

„Grüß Gott, Herr Strauß! Vielen Dank, dass Sie unsere Einladung gefolgt sind."

Eva Anna und Marianne führten die Befragung durch. Grund dafür war die Ansicht von Elke, dass der österreichische Sprachduktus dem bayrischen sehr ähnlich sei.

Zur großen Überraschung der beiden Kriminalistinnen sprach Herr Strauß jedoch kein Bayrisch. Sein Dialekt wies eher in Richtung Osten.

„*Wir haben von Herrn Kerschbaumer erfahren, dass Sie für die Reinigung im Haus Schwedler verantwortlich waren. Ist das korrekt?*"

„*Wenn der Chef das sagt, dann stimmt das auch.*"

Die Antwort des Faktotums überraschte und zeigte sogleich auf, dass die Antworten des Mannes nur bedingt hilfreich sein könnten.

Eva Anna fragte noch einmal, dieses Mal in einem etwas strengeren Ton:

„*Haben Sie nun das Haus gereinigt oder nicht?*"

„*Habe ich*", kam die kurze Antwort von Eberhart Strauß, der sich gerade anschickte, sich in sein Schneckenhaus zurückzuziehen.

„*Sie haben das toll gemacht, Herr Strauß. So manche Hausfrau würde Sie darum beneiden*", schlug Marianne versöhnlichere Töne an.

Und es wirkte.

„Ich habe es halt gern, wenn alles sauber und ordentlich ist", kam Eberhart Strauß wieder ein Stück weit aus seinem Schneckenhaus heraus.

„Darüber wird sich Ihre Frau sicher freuen", erwiderte Marianne, begleitet von einem Lächeln.

„Ich lebe allein", sagte das Faktotum, und ein Hauch von Wehmut lag in seiner Stimme.

Eva Anna, welche die Gangart ihrer Kollegin nicht goutierte, übernahm wieder.

„Mit was haben Sie das Haus gereinigt, Herr Strauß?"

„Mit einem Desinfektionsmittel", antwortete das Faktotum, „das tötet alles ab."

„Auch alle DNA-Spuren", sagte Eva Anna leise.

Eberhart Straus, der das gehört hatte, bestätigte:

„Ja, alles. Auch die Dena-Spuren."

Eva Anna verdrehte die Augen. Der Mann, der vor ihnen saß, hatte den IQ eines Kanaldeckels.

„Haben Sie auch die Möbel entsorgt?", fragte Marianne.

„Nein; die haben die Schwedlers noch mitgenommen", antwortete das Faktotum.

„Wer hat Ihnen den Auftrag erteilt, das Haus zu reinigen?"

Als Marianne diese Frage stellte, wusste sie und Eva Anna die Antwort schon im Vorhinein.

„Der Chef", antwortete Eberhart Strauß verständnislos, *„wer sonst?"*

Eva Anna beendete das sinnlose Spiel mit den Worten:

„Vielen Dank, Herr Strauß; Sie können gehen. Sie haben uns sehr geholfen."

„Bekomme ich kein Geld?", fragte das Faktotum.

„Das bekommen Sie von Ihrem Chef", antwortete Eva Anna, *„und richten Sie ihm liebe Grüße von uns aus."*

*****

Karola hatte sich die Adressen von den Arbeitgebern des Ehepaars Schwedler besorgt, und die beiden Teams machten sich auf den Weg, um vor Ort zu recherchieren.

Babs und Biggi fuhren nach Ingolstadt und Marianne und Eva Anna fuhren nach München zur Praxis von einem gewissen Dr. Tanner, seines Zeichens Zahnarzt.

Der Personalchef des Automobilwerkes hatte den Leiter der Abteilung Karosseriebau in sein Büro bestellt, weil ihn die Damen der Soko darum gebeten hatten.

„Das ist Herr Neuwirth. Er kann Ihnen sicher mehr sagen als ich. Ich werde Sie dann einmal allein lassen."

Mit diesen Worten verließ der Personalchef sein Büro. Seine Befragung durch die beiden Kriminalistinnen hatten keine verwertbaren Fakten hervorgebracht.

Er hatte ihnen zuvor noch eine Kopie der Personalakte mit den persönlichen Daten von Dominik Schwedler angefertigt.

Die beiden Ermittlerinnen stellten sich dem Abteilungsleiter vor und begannen mit der Befragung.

„Seit wann arbeitet Herr Schwedler in Ihrer Abteilung?"

„Das sind inzwischen 4 bis 5 Jahre", antwortete der Abteilungsleiter, *„so ganz genau kann ich es nicht sagen. Da müsste ich erst nachschauen."*

„Und wie zufrieden sind Sie, bzw. waren sie mit seiner Arbeit?", fragte Eva Anna.

„Sehr", antwortete der Abteilungsleiter, *„Micki ist ein guter und zuverlässiger Kollege."*

„*Sie sind mit ihm befreundet?*", fragte Marianne, worauf der Abteilungsleiter antwortete:

„*Nein, das nicht gerade...*"

„*Aber Sie nennen ihn Micki und nicht Dominik; das klingt doch sehr vertraut. Finden Sie nicht?*"

Der Abteilungsleiter fühlte sich sichtlich unwohl bei dieser Frage.

„*Wir duzen uns alle in der Abteilung*", wich er der Frage aus und sein Blick wechselte zwischen den beiden Frauen hin und her.

„*Haben Sie vielleicht seine Telefonnummer?*", fragte Eva Anna, und die Antwort kam wie aus der Pistole geschossen.

„*Ja, die kann ich Ihnen geben.*"

Der Abteilungsleiter zog sein Telefon aus der Tasche und hielt es kurz darauf Eva Anna entgegen.

Eva Anna tippte die Nummer in ihr Smartphone, und sie war nicht wirklich überrascht, als aus dem Lautsprecher kein Ton kam.

„*Eine Prepaidnummer*", sagte Eva Anna.

„*Wann haben Sie mit Herrn Schwedler das letzte Mal gesprochen?*", fragte Marianne.

„An seinem letzten Arbeitstag. Er hat sich von mir verabschiedet und mir alles Gute gewünscht", antwortete der Abteilungsleiter.

„Haben Sie ihm bei seinem Umzug nicht geholfen?", sagte Eva Anna, *„so als Freund?"*

„Wie schon gesagt; so richtig befreundet waren wir nicht. Wir waren Arbeitskollegen und wir haben uns gut verstanden."

Die beiden Ermittlerinnen sahen einander an. Es wurde ihnen bewusst, dass die Befragung ins Leere verlief.

„Sagen Sie uns nur noch, wohin Ihr Freund – Entschuldigung, ich meine natürlich Ihr Kollege – gezogen ist. Dann sind Sie uns wieder los."

„Ich habe leider keine Ahnung", antwortete der Abteilungsleiter.

„Schade", sagte Marianne, *„aber vielleicht schickt er Ihnen ja einmal eine Ansichtskarte."*

„Kann ich jetzt gehen?", fragte Paul Neuwirth, und Eva Anna antwortete:

„Natürlich. Und vielen Dank. Sie haben uns sehr geholfen."

*****

Überraschend anders verlief der Besuch bei Dr. Tanner in München. Babs und Biggi hatten sich mit ihm in einem Café verabredet.

Ein gut aussehender, braun gebrannter, charmanter Endvierziger, begrüßte die Kriminalistinnen auf das Herzlichste.

„Sie kommen wegen Laura", sagte Dr. Tanner, nachdem er den Bestellwunsch der beiden Frauen an die Bedienung weitergegeben hatte.

„Ja", antwortete Babs wenig hoffnungsvoll, nachdem, was Eva Anna ihr von dem unergiebigen Gespräch mit dem Ingolstädter Abteilungsleiter schon berichtet hatte.

„Wie kann ich Ihnen helfen?", fragte Dr. Tanner weiter.

„Erzählen Sie uns einfach ein bisschen über Laura Schwedler. Wie war sie als Arbeitskraft und was für ein Mensch war sie?"

„Das klingt beinahe so, als sprächen Sie über eine Tote", erwiderte der Arzt lachend, und Biggi konnte nicht umhin, es ihm gleichzutun, was ihr einen strafenden Blick von Babs einbrachte.

„Sie wissen genau, wie ich das gemeint habe", sagte Babs in gestrengem Ton, was Biggi ein wenig verwunderte. Babs war ein Mensch, der normalerweise einen Spaß gut abkonnte.

„*Also, was soll ich Ihnen sagen*", umging Dr. Tanner die Bemerkung von Babs, „*Laura war eine tolle Kollegin. Alle mochten sie; Mitarbeiter gleichermaßen wie die Patienten.*"

„*Standen Sie sich nahe?*", fragte Babs weiter.

„*Nicht so, wie Sie das scheinbar gerade andeuten wollen*", erwiderte der Doktor, „*ich bin verheiratet und Vater von zwei Kindern.*"

„*Ich will gar nichts andeuten*", sagte Babs, „*aber bekanntlich schließt das eine das andere nicht aus.*"

Biggi wunderte sich, dass ihre Kollegin eine gewisse Feindseligkeit dem Arzt gegenüber erkennen ließ; aber sie verstand nicht, warum.

„*Ich mochte Laura und mag sie noch immer*", sagte Dr. Tanner, „*und ich hatte keine außerberufliche Beziehung zu ihr. Ich hoffe, Ihre Frage ist damit hinlänglich beantwortet.*"

„*Haben Sie noch Verbindung mit Frau Schwedler?*"

Biggi wurde unruhig. Sie war mit der Art der Befragung durch Babs absolut nicht einverstanden, änderte aber ihre Meinung sofort, als sie die Antwort des Arztes hörte.

„*Ja; wir telefonieren ab und zu.*"

Jetzt staunten die beiden Kriminalistinnen. Das hatten sie nicht erwartet.

„Heißt das, Sie haben die Telefonnummer von Frau Schwedler?"

Der Ton von Babs hatte sich hörbar verändert. Babs hatte ganz offenbar Kreide gegessen. Selbst ihr Gesichtsausdruck hatte sich rasend schnell der veränderten Situation angepasst.

„Aber ja", antwortete Dr. Tanner, *„ich kann sie Ihnen gern geben, wenn sie das möchten."*

Babs war so perplex, dass sie nicht sofort darauf reagierte.

„Wissen Sie was", fuhr der Arzt fort, *„rufen wir sie doch an."*

Babs war noch immer wie paralysiert. Sie schaute Dr. Tanner einfach nur zu, wie dieser die Wähltaste aktivierte.

„Ja, hallo; hier spricht Ulf. Bei mir ist gerade die Polizei. Ich reich dich einfach einmal weiter."

Dr. Tanner übergab sein Smartphone an Babs.

„Hallo, mein Name ist Barbara Thies. Ich bin Kriminalhauptkommissarin beim LKA. Es geht um Ihre Familie."

Babs hatte große Mühe, ruhig zu bleiben.

„Ich habe mit meiner Familie nichts mehr zu tun."

Die Worte von Laura Schwedler und die Art, wie sie gesagt wurden, waren unmissverständlich.

„Wie darf ich das verstehen?", fragte Babs.

„So, wie ich das gesagt habe", kam die Antwort von Laura Schwegler kurz und knapp. Und als Babs nicht darauf gleich reagierte, fügte Laura noch hinzu:

„Nachdem wir Neu-Rieventhal verlassen haben, sind wir getrennte Wege gegangen."

„Wo sind Sie? Und wo ist Ihre Familie?", fragte Babs.

„Ich bin in Brasilien und wo meine Familie ist, das weiß ich nicht. Aber das kann Ihnen Herr Kerschbaumer sagen. Das ist der Ortsvorsteher von Neu-Rieventhal."

„Ich weiß, wer das ist", erwiderte Babs ungehalten.

„Dann können wir das Gespräch ja hier beenden", sagte Laura.

„Moment, junge Dame!", erwiderte Babs barsch, „ich hätte noch ein paar Fragen."

„*Das interessiert mich nicht*", kam nicht weniger barsch die Antwort zurück. „*Ich lege jetzt auf, und rufen Sie mich nicht mehr an.*"

Damit war das Gespräch beendet, und Babs gab dem Doktor das Telefon zurück.

„*Könnten Sie mir bitte sagen, was Frau Schwegler in Brasilien macht?*", fragte Babs Dr. Tanner, unter Beibehaltung ihres aggressiven Tonfalls.

Der Arzt sah Babs nur an.

„*Entschuldigung*", sagte Babs, „*es tut mir leid.*"

„*Frau Schwegler ist Halbbrasilianerin. Der Vater ist Deutscher und die Mutter Brasilianerin. Ich kann ja versuchen, Laura noch einmal anzurufen.*"

Babs bedauerte, dass sie sich so hinreißen lassen hatte. Das war unprofessionell.

„*Nein, danke, Herr Doktor*", sagte sie, „*ich habe ja jetzt die Telefonnummer von Frau Schwegler. Wir danken Ihnen für Ihre Hilfe und dass Sie sich Zeit für uns genommen haben.*"

Die beiden Kriminalistinnen verabschiedeten sich und fuhren zurück.

Biggi saß am Steuer und Babs saß völlig deprimiert neben ihr.

„*Das ist doch nicht so schlimm, Babs*", sagte Biggi, „*wir stellen ganz einfach einen Amtshilfeantrag an die brasilianische Polizei.*"

„*Vergiss es, Biggi*", erwiderte Babs. „*Brasilien hat mit Deutschland kein Auslieferungsabkommen, also gibt es auch keine Amtshilfe.*"

*****

Die Filialleiterin des Supermarktes in Pfaffenhofen war eine junge Frau mit Modellmaßen. Vor ihr auf dem Schreibtisch stand ein Schild mit der Aufschrift „Kerstin Römer, Filialleiterin" und ein ähnliches Schild in Kleinformat war in Höhe ihres Busens angeheftet.

„*Grüß Gott, meine Damen; bitte nehmen Sie doch Platz. Kaffee, Tee oder lieber ein Wasser?*"

Eva Anna lehnte dankend ab. Sie hasste diese seelenlose, automatenartige Floskel.

„*Ein paar Antworten wären mir lieber.*"

Marianne sah ihre Kollegin an. Ein gewisser Grad an Gereiztheit war nicht zu übersehen. Irgendwo auch verständlich, denn dieses bisherige Herumgestochere im Nebel der Ermittlungen ging allmählich an die Nieren.

„*Fragen Sie, meine Damen. Ich helfe gerne, wenn ich kann.* "

Die Filialleiterin nahm den Telefonhörer ab und sagte:

„*Frau Seidl, bringen Sie mir doch bitte einen Kaffee!* "

Es war auffällig, dass die Filialleiterin keine Einheimische war. Ihre Art zu reden, wies darauf hin.

„*Sie sind wohl nicht von hier?* ", fragte Marianne, worauf die Filialleiterin antwortete:

„*Das stimmt. Aber wie kommen Sie darauf?* "

„*Der fehlende Dialekt* ", sagte Marianne.

„*Dann sind also alle Menschen, die keinen Dialekt sprechen, automatisch keine echten Bayern?* ", fragte die Filialleiterin provokativ.

„*Ganz so einfach ist das nicht, Frau Römer* ", erwiderte Marianne, „*die Sprachfärbung ist ausschlaggebend.* "

„*Aha* ", sagte Kerstin Römer, „*und wo würden Sie mich einordnen?* "

Eva Anna machte dem Wortgeplänkel ein Ende.

„*Was können Sie uns über Erika Schwedler sagen? Hat sie gekündigt oder wurde sie entlassen? War sie eine gute Mitarbeiterin oder gab es unliebsame Vorfälle? Und wohin ist sie umgezogen?"*

Die Filialleiterin nahm erst einen Schluck von ihrem Kaffee, welchen besagte Frau Seidl hereingebracht hatte. Sie hatte bei der Gelegenheit mit einem *„wollen Sie wirklich keinen Kaffee oder Tee"* noch einen weiteren vergeblichen Versuch bei den beiden Kriminalistinnen gestartet.

„Das sind aber viele Fragen auf einmal", antwortete Kerstin Römer lächelnd und setzte ihre Kaffeetasse langsam ab.

„Dann wäre es gut, sie würden zeitnah mit der Beantwortung beginnen", erwiderte Eva Anna, *„wir haben nicht ewig Zeit."*

„Ja, ja, die Zeit", sinnierte die Filialleiterin, *„es gibt so viel davon; aber jeder hat zu wenig."*

Marianne schaute die junge Frau etwas genauer an. Ihr Äußeres war perfekt gestylt, ihre Hände waren gepflegt und die Art ihres Auftretens war perfekt.

Diese Frau war – trotz ihres noch jungen Alters – mental geschult und nicht leicht aus der Fassung zu bringen. Was sich bei Mariannes Kollegin proportional im Augenblick genau umgekehrt verhielt.

„Also, was ist nun?", drängte Eva Anna.

Die Filialleiterin nahm eine vor ihr liegende Mappe und schlug sie auf.

„Ich habe da einmal für Sie die Personalakte herausgesucht", begann Kerstin Römer zu antworten, als Eva Anna dazwischenfuhr.

„Bitte, beantworten Sie doch ganz einfach meine Frage!"

„Wie Sie möchten, Frau Kommissar", erwiderte die Filialleiterin und legte die Mappe zur Seite. Sie nahm einen weiteren Schluck aus ihrer Kaffeetasse und Eva Anna zwang sich, zu lächeln, um nicht aus der Haut zu fahren.

„Frau Schwedler ist seit vielen Jahren bei uns angestellt. Neben Regalarbeiten ist sie hauptsächlich an der Kasse tätig.

Es gab in all der Zeit nie Grund für irgendwelche Beanstandungen. Sie ist eine vorbildliche Mitarbeiterin, und sie wird von ihren Kolleginnen geschätzt."

Jetzt mischte sich Marianne ein.

„Wieso reden Sie immer in der Gegenwart? Frau Schwedler arbeitet doch nicht mehr hier."

„Weil das Arbeitsverhältnis immer noch aufrecht ist", antwortete die Filialleiterin. *„Frau Schwedler hat weder gekündigt, noch wurde sie von uns entlassen."*

Marianne sah zu Eva Anna, die ebenso wie sie ein erstauntes Gesicht machte.

„Dann erübrigt sich wohl die Frage, ob Sie wissen, wohin sie gezogen ist", sagte Eva Anna lapidar, und anstatt darauf zu antworten, nahm Kerstin Römer einen letzten Schluck aus ihrer Kaffeetasse.

Ratlosigkeit machte sich bei den Ermittlerinnen breit. Sie waren gerade wieder in einer Sackgasse angelangt.

„Was halten Sie davon, wenn sie die Kolleginnen von Frau Schwedler befragen. Vielleicht wissen die etwas?"

Diese Bemerkung der Filialleiterin überraschte die beiden Ermittlerinnen. Hatten sie Kerstin Römer vielleicht fasch eingeschätzt? War sie einfach nur tough oder war sie doch die Frau, die ein Spiel mit ihnen spielte?

„Wäre das denn möglich?", fragte Marianne vorsichtig.

„Aber ja", erwiderte die Filialleiterin, *„solange sie die Damen nicht alle gleichzeitig befragen."*

Und dann rief sie über ein Mikrofon, das auf ihrem Schreibtisch stand, eine Mitarbeiterin nach der anderen in ihr Büro.

Die Befragung brachte jedoch keine nennenswerten Ergebnisse.

*****

„Wieso werde ich das Gefühl nicht los, dass wir diese Nuss nicht knacken werden."

Babs hatte genau das ausgesprochen, was alle im Raum dachten. Außer Elke vielleicht. Aber vielleicht war es auch nur Zweckoptimismus, der sie sagen ließ:

„Na, na, meine Damen. Wer wird denn so schnell aufgeben? Wir werden jetzt noch im Umfeld unseres Herrn Studiosus recherchieren, und dann werden wir weitersehen."

„Und wer soll das machen?", fragte Babs.

„Unsere Sonderermittlerin", antwortete Elke. *„Wir schleusen sie als Studentin ein. Sie geht altersmäßig durch und kann sich so unter die anderen Studenten mischen."*

Als Karola das hört, schlug ihr Herz höher.

„Ich habe sogar schon einmal ein Studium angefangen", sagte sie, *„das war, bevor ich mich bei der Polizei beworben habe."*

„Was hast du denn studiert?", fragte Biggi, *„und warum hast du es abgebrochen?"*

„Ich habe auf Lehramt studiert", antwortete Karola, *„ich habe aber sehr schnell gemerkt, dass das nichts für mich war."*

„Warum hast du dann überhaupt damit angefangen?", fragte jetzt Babs, worauf Karola antwortete:

„Meine Eltern sind Lehrer."

„Ja, dann...", erwiderte Babs lächelnd.

„Das ist ja wunderbar", sagte Elke, *„dann ist dir der Betrieb an der Uni nicht fremd. Ich werde sofort die entsprechenden Maßnahmen einleiten."*

*****

Der letzte auf der Liste der zu Befragenden hieß Anselm Lüdecke und war katholischer Pater. Er wohnte in einem kleinen Haus, das unmittelbar neben der kleinen Kapelle lag.

Das Konterfei von Pater Anselm hätte auch gut und gerne das Etikett einer Bierflasche oder eines Kräuterlikörs zieren können: rundes Gesicht mit rötlichem Teint, vermutlich Hypertoniker oder dem Alkohol zugeneigt, kleinwüchsig und von üppiger Figur.

Die Kapelle, die nun wahrlich nicht sehr groß war, zeigte ihre einzige Berechtigung an Weihnachten. Ansonsten waren die Besuche der Gläubigen eher spärlich und Fremde verirrten sich schon gar nicht hierher.

Elke hatte Biggi bestimmt, zusammen mit ihr den Pater aufzusuchen. Sie fanden ihn in der Kapelle, als er ganz allein in einer der Bänke saß und sich scheinbar dem Gebet hingab.

„Entschuldigen Sie, dass wir stören, Herr Pfarrer", sagte Elke leise, als sie dicht vor dem Pater standen.

Der Gottesmann schien es überhört zu haben, denn er reagierte nicht.

Elke wiederholte das Gesagte; aber dieses Mal etwas lauter.

„Ich glaube, der schläft", sagte Biggi.

Elke sah Biggi entsetzt an und ihr Blick wanderte zurück zu dem Pater.

Als dieser noch immer nicht reagierte, hustete Biggi heftig, begleitet von einem Tritt gegen die Kirchenbank.

Der Pater schrak auf, öffnete die Augen, machte eilig das Kreuzzeichen und murmelte:

„In Ewigkeit, Amen!"

Dabei entwich seinem Mund ein Duft, der eindeutig die kleine innere Einkehr bei geschlossenen Augen erklärte.

„Gelobt sei Jesus Christus!"

Biggi, im Gegensatz zu Elke, praktizierende Christin, erwiderte spontan:

„In Ewigkeit, Amen!"

Elke empfand das gerade Geschehene als äußerst surreal, und entsprechend war auch ihr Gesichtsausdruck.

„Sind Sie auf Urlaub hier, meine Damen?", fragte der Pater. Und bevor die beiden Frauen darauf antworten konnten, fuhr er fort:

„Das ist zwar nur ein kleines Kirchlein; aber auch in ihm wohnt der Geist Gottes. Interessiert Sie vielleicht die Geschichte dieses Bauwerks?"

Elke sah den Pater erstaunt an, denn sie konnte sich nicht vorstellen, dass dieses schlichte Gebäude schon so alt wäre, dass es eine Geschichte haben könnte.

„Guten Tag, Herr Pfarrer", erwiderte Elke, *„wir sind zwar keine Urlauber; aber ein paar Fragen hätten wir schon."*

Danach zeigte sie dem Pater ihren Dienstausweis und stellte sich und Biggi vor.

„Wir hätten ein paar Fragen zu einigen Mitgliedern Ihrer Gemeinde an Sie."

„Kommen Sie, wir gehen ins Haus", antwortete der Pater, *„da kann ich Ihnen auch etwas anbieten."*

Elke war froh, dass der Mann das sagte, denn der Innenraum der Kapelle wurde nur durch das Tageslicht, das durch kleine Fenster hereinfiel, ein wenig erhellt.

Das Flair der Kapelle wirkte bedrückend auf Elke, und sie hätte sich nicht gewundert, wenn plötzlich Fledermäuse um ihren Kopf geschwirrt wären.

Eine ähnliche Dunkelheit empfing die beiden Ermittlerinnen gleichwohl, als sie das Hausinnere betraten. Auch hier gab es nur kleine Fenster, aber zum Glück auch elektrisches Licht.

„Was darf ich Ihnen anbieten, meine Damen?", fragte Pater Anselm, *„Vielleicht einen Tee oder einen Kräuterlikör aus eigener Herstellung?"*

Der Pater wartete erst gar nicht auf eine Antwort, sondern holte aus einer Kredenz eine Flasche und drei Gläser. Er goss ein und aus der Flasche kam eine dunkle, undefinierbare Flüssigkeit.

„Mein Geheimrezept", sagte er dann und prostete den beiden Frauen zu.

Während Elke ihr Glas zum Mund führte, hielt Biggi ihres zögernd in der Hand. Dann stellte sie es wieder ab.

„Warum trinken Sie nicht?", fragte der Pater, *„das ist gesund. Es stärkt den ganzen Körper."*

Biggi nahm das Glas wieder in die Hand, schloss die Augen und nippte ein wenig am Glas.

Elke hat ihr Glas in einem Zug geleert. Sie schaute Biggi an und lächelte.

„Gemütlich haben Sie es hier."

Mit dieser Lüge wollte Biggi von ihrem Trinkverhalten ablenken, und es funktionierte auch.

„Finden Sie?", erwiderte der Pater dankbar, während Elke das Ambiente völlig konträr empfand.

„Ich nehme an, dass die Familie Schwedler zu Ihren Schäfchen gehört", begann Elke die Befragung.

Nachdem der Pater nicht sofort darauf antwortete, legte Elke nach: *„Dominik Schwedler, Erika Schwedler und die Kinder Lars und Laura."*

„Aber ja doch", sagte der Pater, *„die Schwedlers mit den beiden Kleinen. Gute Christen und regelmäßige Gottesdienstbesucher."*

Biggi sah zu Elke.

„Dann haben Sie sicher auch von dem Brand in ihrem Haus gehört", fuhr Elke fort.

„Oh, ja", erwiderte der Pater, *„eine schlimme Sache..."*

Damit war für die beiden Ermittlerinnen völlig klar, dass der Pater den Namen Schwedler heute zum ersten Mal gehört hatte.

„Komm, wir gehen", sagte Elke zu Biggi und stand auf.

Sie bedankte sich bei dem Pater für das Gespräch und für den guten Likör. Auf die Frage, ob sie vielleicht eine Flasche kaufen wolle, reagierte Elke höflich; aber mit großer Bestimmtheit.

„Die Angelegenheit wird immer abstruser", sagte Biggi, *„wo sind wir da nur hingelangt?"*

*****

Der Verfassungsschutz hatte sich bei Elke gemeldet, um ihr mitzuteilen, dass es Hinweise auf einen Anschlag gebe. Das WO und das WANN seien zwar unbekannt; aber die Bedrohung sei real.

Elke musste schweren Herzens zugeben, dass sie bisher noch keine brauchbaren Ergebnisse vorzuweisen hätte.

Wenige Tage später zeigte sich ein Silberstreifen am Horizont. Karola Schenk hatte als verdeckte Ermittlerin an der Uni Kontakte knüpfen können.

Ein Kommilitone, dem sie schöne Augen gemacht hatte, hatte ihr erzählt, dass Lars Schwedler eine Freundin namens Natascha hätte.

Und als er Karola – anlässlich einer Party – mit dieser Freundin bekannt machte, konnte die Sonderermittlerin ihre Freude kaum verbergen.

„*Ich habe gehört, du kennst Lars?*", sprach Karola die Studentin an.

„*Ja*", erwiderte Natascha, „*wieso fragst du?*"

„*Weil ich früher einmal mit ihm zusammen war*", antwortete Karola.

Als Nataschas Blick abweisend wurde, beschwichtigte Karola ihr Gegenüber:

„*Keine Angst, das ist ewig her. Wir sind nur noch gute Freunde. Wir haben uns ein wenig aus den Augen verloren.*

Ich war lange Zeit in Paris und bin erst seit Kurzem wieder hier. Aber mit seiner Schwester Laura hatte ich die ganze Zeit über Kontakt.

Ich bin übrigens Karola. Du kannst aber ruhig Karo zu mir sagen, wie meine Freunde."

Karola steckte Natascha die Hand entgegen, und diese nahm die Hand nur sehr zögernd an.

„*Wir könnten ja zu dritt einmal etwas trinken gehen*", sagte Karola.

„*Ja, vielleicht*", kam die Antwort von Natascha, und die Antwort war von einem JA noch weiter entfernt, als die Sonne vom Mond.

*****

Karola hatte Elke von ihrem misslungenen Versuch berichtet, näheren Kontakt zu Natascha aufzunehmen.

„Dann müssen wir wohl in die Trickkiste greifen", hatte Elke erwidert, *„aber das ist kein Problem. Für was haben wir den lieben Björn."*

„Was heißt das, in die Trickkiste greifen", hatte Karola gefragt, *„und wer ist Björn?"*

„Das ist mein Lieblingskollege aus Hamburg. Und mehr musst du nicht wissen."

Damit war das Gespräch beendet.

Am übernächsten Tag lernte Karola Björn kennen. Aber die Sache mit der Trickkiste sollte bis auf Weiteres Verschlusssache bleiben.

Erst als Karola anlässlich einer Party wieder auf Natascha treffen sollte, wurde die Büchse der Pandora geöffnet. Elke erläuterte Karola den Plan, wie sie an Natascha näher herankommen würde:

„Du bekommst zu einem bestimmten Zeitpunkt von Björn die Geldbörse von Natascha überreicht. Diese bringst du dann zu Natascha und sagst, du hättest sie auf der Toilette gefunden.

Danach wendest du dich sofort von ihr ab und zeigst Desinteresse an ihr. Das ist sehr wichtig. Vergiss es nicht."

Karola war gerade völlig verwirrt. Bevor Elke fortfahren konnte, fragte sie aufgeregt:

„Wieso hat Björn Nataschas Geldbörse? Und wieso soll Natascha glauben, dass sie die Geldbörse verloren hat?"

„Du fragst zu viel, mien Deern", antwortet Elke, *„aber ich will es dir trotzdem sagen. Zumindest zum Teil.*

Björn wird auch auf der Party sein und mit Natascha flirten. Glaube mir, darin ist er wirklich gut. Ich weiß, wovon ich spreche. Und den Rest erledigt der Alkohol.

Aber jetzt ist Schluss. Halte dich einfach an das, was wir besprochen haben.

Es liegt nun an dir, mit deinem schauspielerischen Talent die kühle Kommilitonin zu geben und Natascha aus ihrem Schneckenhaus zu locken.

Wirst du das schaffen, mien Deern?"

„Du kannst dich auf mich verlassen", antwortete Karola, *„ich werde dich nicht enttäuschen."*

„Das weiß ich", erwiderte Elke, *„ und denk dran, du und Björn, ihr kennt euch nicht."*

*****

Aus einem unerklärlichen Grund empfand Karola für Björn nur wenig Sympathie. Das wurde noch verstärkt, als sie sah, wie Björn sich an Natascha heranmachte.

Sie beobachtete das Geschehen aus einer sicheren Entfernung, sodass Natascha sie nicht sehen konnte. Sie wäre ja viel lieber näher herangegangen, um zu hören, mit welchem Gesülze Björn seine Aufrisse machte.

Karola wandte sich ab und ging an die Bar, um sich ein Getränk zu holen. Nur kurze Zeit später erschien Björn neben ihr.

„Hallo, meine Schöne, was geht ab?"

Karola musste sich sehr beherrschen, um nicht das zu sagen, was ihr gerade auf der Zunge brannte.

„Alles cool, bro[2]", antwortete Karola, und schüttelte innerlich den Kopf, dass sie sich gerade der Jugendsprache bedient hatte.

Nicht, dass sie sich nicht mehr dazugerechnet hätte; aber ihre Welt war das ganz sicher nicht.

„Ich glaube, das gehört dir", sagte Björn und steckte Karola einen Gegenstand zu. Dann bestellte er

---

[2] *bro (australisch) Bedeutungen: Bruder, sehr guter Freund, Kumpel.*

einen „Sex on the Beach - Cocktail", nahm ihn in die Hand und sagte beim Weggehen zu dem Barmann:

„Die Dame zahlt. "

Karola war viel zu überrascht, um dagegen protestieren zu können. Sie bezahlte den Cocktail und begab sich danach zu den Toiletten.

Dort öffnete sie die Geldbörse, welche Björn ihr zugesteckt hatte und studierte den Inhalt.

Die Einträge der jeweiligen Semester im Studierendenausweis zeigten, dass Natascha sich im 3. Jahr befand.

Außer dem Ausweis waren noch ein Personalausweis, eine Scheckkarte und Bargeld vorhanden. Der wichtigste Inhalt war jedoch eine Fotografie, welche Natascha und einen jungen Mann zeigte, der vermutlich Lars Schwedler war.

Karola machte mit ihrem Smartphone eine Kopie der Fotografie und steckte dann alles wieder in die Geldbörse zurück.

Das Doppel-G auf der Börse wies auf ein teures Produkt hin. Vorausgesetzt, es handelte sich nicht um ein Imitat.

Als Karola kurz darauf bei Natascha auftauchte, empfing diese sie mit einem wenig freundlichen Blick.

„*Vermisst du das vielleicht?*", fragte Karola und hielt Natascha die Geldbörse entgegen.

Natascha griff hastig darauf zu.

„*Du solltest in Zukunft besser darauf aufpassen*", sagte Karola, drehte sich um und ging weg.

„*Woher hast du das?*", fragte Natascha aufgebracht, und Karola antwortete darauf, ohne sich umzudrehen:

„*Es lag in der Toilette auf dem Boden.*"

„*Warte!*", rief Natascha; aber Karola ging einfach weiter.

Natascha eilte Karola hinterher.

„*So warte doch*", rief sie und griff Karola an die Schulter, als sie bei ihr angekommen war.

„*Was willst du noch?*", fragte Karola.

Natascha sah Karola an, deren abweisender Blick deutlich erkennbar war.

„*Das mit neulich tut mir leid*", sagte Natascha, „*können wir einen Neustart machen?*"

Karola tat, als wäge sie das FÜR und WIDER ab, zögerte noch einen kurzen Moment und streckte dann Natascha die Hand entgegen.

„*Also von mir aus. Ich bin Karola, und ich studiere auf Lehramt.*"

„*Bist du nicht schon etwas zu alt dafür?*", scherzte Natascha. Worauf Karola erwiderte:

„*Das soll ein Neuanfang sein?*"

„*Sorry, Karola*", antwortete Natascha, „*tut mir leid. Ich bin Natascha und studiere Jura.*"

„*So wie Lars, nehme ich an*", erwiderte Karola und erschrak. Die Worte waren ihr einfach herausgeschlüpft.

Karola hatte sich vorgenommen, es langsam angehen zu lassen, und dann das. Hoffentlich würde Natascha nicht misstrauisch werden.

Natascha war viel zu glücklich darüber, dass sie ihre Geldbörse wieder hatte, um die Bemerkung von Karola zu hinterfragen.

„*Ich bin sehr froh, dass du meine Geldbörse gefunden hast. Vielen Dank!*"

„*Kontrolliere bitte den Inhalt, ob alles da ist*", sagte Karola, „*nicht, dass ich noch des Diebstahls beschuldigt werde.*"

„*Quatsch!*", erwiderte Natascha.

„*Und was ist, wenn jemand anderes die Börse vor mir gefunden hat?*", gab Karola zu bedenken.

Nun wurde Natascha doch etwas misstrauisch. Sie öffnete die Geldbörse und kontrollierte den Inhalt.

„*Es ist alles da*", sagte sie erleichtert. Dann entnahm sie die Fotografie und hielt sie Karola entgegen.

„*Kennst du diesen feschen Burschen?*", fragte sie lächelnd.

„*Wer soll das sein?*", antwortete Karola, und lächelte zurück. Das Risiko, dass es sich vielleicht gar nicht um Lars Schwedler handeln könnte, war Karola einfach zu groß.

„*Unser Lars*", antwortete Natascha mit Herzerln in den Augen, worauf Karola erwidere:

„*Dein Lars, liebe Natascha; nicht meiner. Das war einmal und ist längst vorbei.*"

„*Meine Freunde nennen mich Tascha*", sagte Natascha und machte damit für Karola die Tür weit auf.

„*Und meine Freunde nennen mich Karo, liebe Freundin*", erwiderte Karola.

Als Natascha sie dann auf beide Wangen küsste, fühlte sich Karola äußerst unwohl. Sie lernte in diesem Augenblick die Schattenseiten der Arbeit einer Ermittlerin kennen, und die gefielen ihr überhaupt nicht…

*****

Der „Dorfkrug" war ein Gasthaus, dessen Name auf eine Einrichtung vergangener Zeiten hinwies, dessen Aussehen hingegen das genaue Gegenteil repräsentierte.

Als die Ermittler dort am Abend beisammensaßen, waren sie überrascht, dass außer ihnen keine anderen Gäste anwesend waren.

Die Wirtin war eine Frau Ende vierzig, deren letztes Lächeln schon eine Weile zurücklag.

„Hätten Sie Lust und Zeit, sich ein wenig zu uns zu setzen?", fragte Elke, und die Wirtin stimmte zu.

„Wir sind Beamte des LKA", begann Elke sich und ihre Kolleginnen vorzustellen, als die Wirtin entgegnete:

„Ich weiß, wer Sie sind und was Sie hier machen."

Die Ermittlerinnen sahen einander erstaunt an.

„Und was glauben Sie, was wir hier machen?", fragte Eva Anna.

„Es ist wegen der verschwundenen Familie."

Diese Antwort erstaunte noch viel mehr, insbesondere, weil die Wirtin den Begriff „verschwundene Familie" verwendet hatte.

„*Sie meinen die Familie, die von hier weggezo-gen ist*", sagte Babs, worauf die Wirtin lächelte.

„*Wenn Sie das so nennen wollen*", sagte sie dann.

„*Sagen Sie Frau...; Entschuldigung, ich weiß noch nicht einmal Ihren Namen*", übernahm Elke wieder. „*Ich bin übrigens Elke und das sind meine lieben Kolleginnen Anna, Marianne, Babs und Biggi.*"

„*Und ich bin Gisela*", stellte sich die Wirtin vor.

„*Sagen Sie Gisela, bewirtschaften Sie das Gast-haus allein oder haben Sie Familie?*", fragte Elke.

„*Ich bin seit einem halben Jahr Witwe*", antwor-tete Gisela, „*und Kinder haben wir keine.*"

„*Das tut mir leid, Gisela*", sagte Elke, „*Ihr Mann war doch sicher noch jung. An was ist er denn gestorben?*"

„*Offiziell an einem Autounfall*", antwortete Gise-la, während ihr die Tränen in die Augen traten.

„*Was heißt das, offiziell?*", fragte Eva, „*gibt es denn noch eine andere Version?*"

Es dauerte eine Weile, bis Gisela darauf antwor-tete.

„*Die haben meinen Mann ermordet.*"

Verwirrung machte sich breit. Was diese Frau gerade sagte, war eine sehr schwere Anschuldigung.

„Wurde der Fall nicht untersucht?", fragte Biggi, *„und wer sind DIE?"*

„Aber sicher", antwortete Gisela, *„unsere Polizei, dein Feind und Komplize hat den Fall untersucht und zu den Akten gelegt. Ursache für den Unfall war Trunkenheit am Steuer.*

Die Geschichte hat nur einen Haken. Mein Alois – Gott hab ihn selig – hat in seinem ganzen Leben keinen einzigen Tropfen Alkohol getrunken. Und das als Wirt.

Und DIE – das war das ganze Dorf."

Marianne hatte die ganze Zeit über geschwiegen. Aber nun hielt es sie nicht mehr.

„Das ist das, was ich schon die ganze Zeit über vermute. Mit diesem Dorf stimmt etwas nicht und unsere lieben Kollegen haben damit etwas zu tun."

Elke warf einen vorwurfsvollen Blick in Richtung Marianne. War sie im Grunde genommen auch einer Meinung mit Marianne, so konnte sie das öffentliche Statement einer fremden Person gegenüber nicht gutheißen.

Zum Glück waren sie die einzigen Gäste im Raum, sonst wären die Folgen mit großer Wahrscheinlichkeit äußerst fatal gewesen.

„*Das sind schwerwiegende Anschuldigungen, die Sie da erheben, Gisela*", sagte Elke, „*haben Sie auch Beweise dafür?*"

„*Nein*", erwiderte Gisela, „*aber selbst, wenn ich welche hätte, wen würden die schon interessieren.*"

Und nach einer kurzen Pause fügte sie hinzu:

„*Oder würden Sie mir denn glauben?*"

Die sechs Ermittlerinnen sahen einander an.

„*Ich würde Ihnen glauben.*"

Ausgerechnet Karola, die Sonderermittlerin von Elkes Gnaden hatte sich weit aus dem Fenster gelehnt.

„*Sachte, sachte, mien Deern*", kam es von Elke ganz langsam und mahnend zugleich.

Die Wirtin stand auf und sagte:

„*Jetzt hole ich uns erst einmal eine Runde Schnaps und dann erzähle ich euch etwas, was ihr bestimmt noch nicht wisst.*"

„*Ich glaube, das wird noch ein sehr interessanter Abend*", sagte Eva und Babs ergänzte:

„*Und ein langer dazu…*"

*****

Entweder die Geschichte, welche Gisela an diesem Abend den Mitgliedern der Soko erzählte, war so ungeheuerlich, dass man sie nur schwer glauben konnte, oder die Wirtin verfügte über eine enorme Menge Fantasie.

„Als das Dorf fertiggebaut war, wurden per Zeitungsannoncen Personen zur Bewirtung der Gasthäuser gesucht. Man legte dabei großen Wert darauf, Leute aus der Region dafür zu gewinnen.

Mein Alois und ich hatten bis dahin eine Alm bewirtschaftet und sahen eine Chance darin, wieder im Tal tätig sein zu können.

Am Anfang lief auch alles sehr gut. Die Gäste kamen und der Umsatz stimmte.

Uns fiel nur auf, dass die meisten Gäste, die kamen, nicht aus der Region stammten."

„Wieso wussten Sie das?", fragte Biggi, und Gisela antwortete:

„Das hörte man an der Art, wie sie sprachen. Unseren bayrischen Dialekt kann man nur sehr schwer nachmachen.

Eine ganz bestimmte Gruppe – es waren immer dieselben Personen – versammelte sich regelmäßig in unserem Nebenzimmer.

Ich durfte nur zu Beginn den Raum betreten, um Getränke zu servieren. Danach nicht mehr."

„*Und was war, wenn jemand etwas bestellen wollte?*", fragte Biggi wieder.

„*Dann schickten sie jemand heraus, der die Bestellung aufgab, darauf wartete und danach das Tablett mit den Getränken selber hineintrug.*"

„*Hat dich das nicht stutzig gemacht?*", fragte jetzt Marianne. Der Schnaps, es war inzwischen eine weitere Runde konsumiert worden, hatte die Anwesenden zum kollektiven DU übergehen lassen.

„*Anfangs schon ein wenig*", antwortete Gisela, „*aber irgendwie empfand ich es auch als Entlastung für mich. So hatte ich mehr Zeit für die übrigen Gäste.*"

„*Waren das einheimische Gäste?*", fragte Elke, deren Interesse an den Schilderungen Giselas zusehends größer wurde.

„*Ja*", antwortete Gisela, „*und mit denen konnte man auch reden, im Gegensatz zu den anderen.*"

Stille trat ein. Die Gedanken der Ermittlerinnen begannen heftig zu rotieren. Und obwohl sie den Schilderungen Giselas unbedingten Glauben schenkten, vermochten sie dennoch nicht, sich einen Reim auf die Geschichte zu machen.

„*Wie war das mit deinem Mann?*", fragte Babs in die Stille hinein, „*du glaubst ja, man hat ihn ermordet. Aber wieso?*"

„Alois kam eines Tages zu mir und sagte, dass wir sehr bald über eine größere Menge Geld verfügen würden. Wir könnten dann wegziehen und irgendwo ein neues Leben beginnen.

Das kam sehr überraschend für mich. Wir hatten bis dahin unser Auskommen. Das Gasthaus warf genügend Geld ab und wir hatten sogar schon daran gedacht, vielleicht Kinder zu bekommen. "

„Hast du deinen Mann nicht gefragt, woher der Reichtum kommen sollte? ", fragte Babs weiter.

„Natürlich habe ich ihn gefragt", erwiderte Gisela, *„aber er meinte, es wäre besser, ich wüsste nichts darüber. "*

„Da müssten bei dir doch sämtliche Alarmglocken losgegangen sein", sagte Biggi.

„Sind sie ja auch", antwortete Gisela, *„aber mein Alois – Gott hab ihn selig - war ein rechter Sturschädel. Ich habe ihn immer wieder gefragt; aber ich habe nichts aus ihm herausbekommen.*

Bis zu diesem Unfall. Dann hatte ich die Antwort... "

„Wie meinst du das? ", fragte Elke.

Gisela sah Elke eindringlich an. Dann sagte sie:

„Ich habe nur eins und eins zusammengezählt. "

„Kannst du das präzisieren?", fragte Marianne.

Gisela antwortete nicht sofort, worauf Marianne nachlegte:

„Kannst du das vielleicht etwas genauer erklären?"

„Ich habe dich schon verstanden", erwiderte Gisela, *„nur weil ich lange Zeit auf einer Alm gelebt habe, heißt das nicht, dass ich dumm bin."*

Marianne erschrak.

„Das ist mir jetzt sehr peinlich, Gisela. Ich wollte dich nicht kränken. Bitte, entschuldige!"

„Ist schon gut", erwiderte Gisela, der bewusst geworden war, dass sie etwas überreagiert hatte.

„Das ist noch immer ein Reizthema für mich und es tut noch immer verdammt weh."

Elke legte ihre Hand auf Giselas Arm.

„Wir verstehen das, Gisela. Marianne wollte dich keinesfalls verletzen."

Gisela stand auf und holte eine weitere Runde Schnaps. Sie stellte das Tablett auf den Tisch und nahm sich ein Glas.

Dann hob sie es in die Höhe und sagte:

„Auf meinen Loisi und dass die Verbrecher ver-
recken sollen. Allesamt!"

Elke führte den markigen Trinkspruch auf den
Schmerz der Wirtin zurück und auf ihren Alkoholkon-
sum. Und also erhob auch sie ihr Glas und sagte:

„Auf deinen Alois. Möge er in Frieden ruhen."

Die restlichen Anwesenden erhoben ebenfalls ihr
Glas und leerten es in stillem Gedenken.

„Nicht nur, dass sie mir meinen Alois genommen
haben, sie haben ihn auch mit Dreck beworfen."

Gisela schickte sich an, ihre Geschichte weiter-
zuerzählen.

„Irgend so ein Schmierfink hat an die Außen-
wand des Gasthauses das Wort <Kinderschänder>
gesprüht. Und das nur wenige Tage nach seiner Beer-
digung."

„Hast du das nicht angezeigt?", fragte Biggi.

Gisela musste lachen; aber es war das Lachen
einer gequälten Seele.

„Natürlich habe ich das angezeigt. Aber das
hätte ich mir auch schenken können. Es war, als hätte
man den Teufel um Weihwasser gebeten."

Elke wunderte sich über diesen Vergleich, ebenso wie über die Wirtin selbst. Diese Frau vermochte sie nicht wirklich einzuschätzen.

„Ich erinnere mich an die Geschichte. Es stand damals in der Zeitung."

Karola hatte das gesagt.

Gisela sah Karola an und lächelte. Und dieses Mal war es eher eine Geste der Dankbarkeit.

„Das hatte natürlich Folgen."

„Die Gäste blieben aus", folgerte Biggi richtig.

„Zuerst die Leute von der wöchentlichen Versammlung im Nebenzimmer und dann die Einheimischen.

Ich wollte das Geschmiere zuerst wegmachen, aber dann habe ich es stehen lassen und dazugeschrieben: <Das waren die Mörder meines Mannes>"

„Hattest du denn keine Angst um dein Leben?", fragte Babs.

Gisela sah Babs lange an. Dann sagte sie:

„Ich bin schon längst tot. Ich bin an dem Tag gestorben, als sie meinen Alois getötet haben."

Eine bedrückende Stille erfüllte den Raum.

*„Es ist schlimm, wenn man den Lebensmut ge-
nommen bekommt. Ich weiß, wovon ich rede..."*

Marianne hatte diese Worte ganz leise gesagt.

*„Ich gehe jetzt in die Küche und hole Speck und
Brot."*

Dieser Satz war wie eine Erlösung für alle.

„Du könntest mir helfen, Mädchen."

In jeder anderen Situation hätte sich Biggi die
Bezeichnung „Mädchen" verboten; aber nicht jetzt
und hier.

„Das mache ich gerne", antwortete Biggi und
folgte Gisela in die Küche.

Kurz darauf kamen die beiden zurück und stellten
Brot und Speck auf den Tisch. Teller und Messer
wurden ausgeteilt und dann bediente sich jeder nach
Herzenslust.

*„Sag einmal Gisela, könntest du dir vorstellen,
für uns jeden Tag zu kochen, solange wir hier sind?"*

Gisela sah Elke erstaunt an.

*„Wir würden jeden Abend zu dir kommen und
das essen, was du für uns gekocht hast. Natürlich
gegen Bezahlung."*

„Warum nicht?", antwortete Gisela nach kurzem Überlegen.

„Ihr sagt mir, was ihr wollt, und ich koche es für den nächsten Tag."

„Das überlassen wir ganz dir. Koche uns, was du selbst gern magst, und überrasche uns damit. Einverstanden?"

Elke sah in das strahlende Gesicht von Gisela, in welches sich gerade ein paar Tränen mischten.

„So gut war schon lange niemand mehr zu mir", sagte Gisela und umarmte Elke.

Elke erwiderte die Umarmung und die anderen applaudierten.

„Morgen mache ich euch einen Schweinsbraten mit Knödeln", sagte Gisela und wischte ihre Tränen fort.

$$*****$$

Elke hatte ihren Hamburger Kollegen Björn gebeten, er möge undercover für sie in Neu-Rieventhal ermitteln. Ausgestattet mit einer falschen Vita, die ihn als Neuzugang aus einem **SCV**[3]-Werk in Brüssel aus-

---

[3]*Sécurité Confort Vélocité – Sicherheit Bequemlichkeit Geschwindigkeit*

wies, arbeitete er nun als Senior Controller im Ingolstädter Werk.

Björn hatte sich – auf Empfehlung eines Neu-Rieventhaler Kollegen - im Gasthaus „Deutsche Eiche" eingemietet.

Paul Stöger war ein junger Werksangehöriger, der in der Abteilung für Karosseriebau arbeitete, und den sich Björn gezielt ausgesucht hatte. Björn hatte ihn während eines informellen Rundgangs durch die diversen Abteilungen angesprochen.

Bevor man Dr. Bauer, den Vertreter des operativen Controllings, ins Vertrauen zog, war er vom Verfassungsschutz eingehend überprüft worden. Er war die Rückendeckung für Björns scheinbare Tätigkeit im Werk.

Außer ihm wusste sonst niemand über die wahre Identität von Björn Bescheid. Das betraf auch die Geschäftsleitung.

*****

„*Was macht eigentlich so ein Controller?*", fragte Paul Stöger, als er mit Björn abends im Gasthaus „Zur Eiche" zusammensaß.

Es war nicht besonders schwierig gewesen für Björn, mit Paul eine Vertrauensbasis herzustellen, wobei die gemeinsame Liebe zum Fußball sehr hilfreich war.

War Paul ein glühender Anhänger von Bayern München, so gab Björn lediglich vor, auch einer zu sein. In Wahrheit schlug sein Herz für den Hamburger Sportverein.

„Das kommt darauf an", ging Björn auf die Frage von Paul ein. *„Ein operativer Controller ist für Verwaltung des Budgets und den wirtschaftlichen Erfolg zuständig. Hingegen ein strategischer Controller – so einer bin ich – analysiert den Markt, um auf Änderungen frühzeitig reagieren zu können."*

Paul zeigte sich beeindruckt von Björns Worten.

„Wie wird man ein Controller?", fragte Paul weiter, und Björn war in diesem Augenblick sehr froh, dass er für solche Fragen ausgiebig gebrieft worden war.

„Das kann man an einer Hochschule studieren oder auch mittels eines Fernstudiums. Ich habe meinen M.Sc. an einer Hochschule in Hamburg erworben."

„Was ist das, ein M.Sc.?", fragte Paul, worauf Björn antwortete:

„Das bedeutet Master of Science, das ist ein akademischer Titel, den man erwerben kann."

„Und verdient man gut?", war nun die alles umfassende Frage, die Paul Stöger stellte.

Björn lachte und antwortete:

„Gerade einmal so viel, dass ich dich zu einem Bier einladen kann."

Jetzt lachten beide.

Der restliche Abend verlief mit belanglosen Fragen über Fußball und die hohe Politik. Björn beschränkte sich darauf, zuzuhören, denn die Redefreudigkeit seines Gegenübers erleichterte die Angelegenheit.

Das Thema „Dominik Schwedler" ließ Björn außen vor. Er wollte es langsam angehen, um seinen neuen Freund nicht zu verschrecken.

*****

Karola war indes schon ein großes Stück weiter vorangekommen. Sie und Natascha verbrachten sehr viel Zeit miteinander.

Die teure Geldbörse, welche eine nicht unwesentliche Rolle bei der Annäherung gespielt hatte, war tatsächlich ein Indiz auf Nataschas finanziellen Hintergrund.

Nataschas Eltern waren vermögend. Ihre Firma Import – Export, so die offizielle Bezeichnung, war vermutlich ein Tarnunternehmen für dubiose Geschäfte. So zumindest die Annahme des Verfassungsschutzes.

Das Töchterlein schien darin aber nicht involviert zu sein, denn sie war viel zu sehr damit beschäftigt, Geld unter die Leute zu bringen.

Inzwischen waren Karola und Natascha so vertraut miteinander, dass Karola beschloss, bei einer der vielen Partys, welche Natascha veranstaltete, einen Versuch zu wagen.

„Anfangs fürchtete ich mich, Lars bei dir zu treffen; aber inzwischen würde ich mich sogar freuen, ihn zu sehen."

„Das kannst du knicken, Karo", erwiderte Natascha, *„der Arsch hat mich verlassen."*

Karola täuschte Erstaunen vor und bekundete Natascha ihr Mitgefühl.

„Wirklich? Das tut mir echt leid. Seit wann?"

„Schon vor ein paar Wochen", antwortete Natascha, *„diese feige Sau hatte noch nicht einmal den Mumm, es mir persönlich zu sagen."*

Die recht deftige Ausdrucksweise ließ erkennen, dass finanzieller Reichtum noch lange keine gute Kinderstube ersetzt.

„*Was meinst du damit?*", fragte Karola.

„*Er hat mir einfach eine SMS geschickt*", antwortete Natascha. „*Das musst du dir einmal vorstellen. Drei Worte, das war alles: ES IST AUS!*"

Natascha bekam Tränen in die Augen. Karola nahm sie in den Arm. Und dieses Mal war es keine Berechnung von ihr; es war einfach nur echtes Mitgefühl.

Sie wollte Natascha gerade fragen, ob sie die SMS noch gespeichert habe, da fiel ihr ein, dass es zu auffällig sein konnte.

Zugegeben, Natascha war nicht gerade mit Intelligenz gesegnet; aber dumm war sie sicher nicht.

Karola musste unbedingt an Nataschas Handy kommen.

„*Kannst du mir kurz dein Handy geben? Ich müsste telefonieren und mein Akku ist leer.*"

Natascha überreichte Karola wortlos ihr Handy.

Karola ging ein paar Schritte zur Seite und überprüfte die SMS von Nataschas Telefon; aber sie fand keinen entsprechenden Eintrag.

Wahrscheinlich hatte Natascha sie in einem Wutanfall gelöscht.

Karola gab Natascha das Handy wieder zurück.

„*Hast du einen Verdacht oder eine Ahnung, warum er eure Beziehung gecancelt hat?*“, fragte Karola.

„*Nicht die geringste*“, antwortete Natascha.

„*Aber irgendeinen muss es ja gegeben haben*“, bohrte Karola weiter.

Anstatt darauf zu antworten, fragte Natascha:

„*Wie war das bei euch? Wer hat bei euch Schluss gemacht?*“

Mit dieser Frage hatte Karola nicht gerechnet. Verwirrung trat ein. Sie wandte sich, um Zeit zu gewinnen.

„*Es tut mir leid, Karo*“, sagte Natascha, „*ich wollte dich nicht verletzen.*“

In diesem Moment bedauerte Karola zum ersten Mal, dass sie diese Aufgabe angenommen hatte. Diese junge Frau, deren Vertrauen sie erschlichen hatte, zeigte echtes Mitgefühl und vertraute ihr, als wären sie die besten Freundinnen.

„*Es tut **mir** leid*“, sagte Karola, „*dass ich dich so insistiert habe. Das war unsensibel von mir.*“

Die beiden Frauen hielten sich eine Weile umarmt. Dann stürzten sie sich wieder in die Party.

*****

Elke hatte das Foto von Lars, welches Karola ihr geschickt hatte, zur Überprüfung an das LKA Hamburg geschickt.

Das Ergebnis war eine dicke Überraschung. Einen Lars Schwedler, zu dem die Fotografie passte, gab es nicht. Wohl aber einen Stephan Kurz.

Und der stand auf der Fahndungsliste des Verfassungsschutzes.

„Ich verstehe nicht, warum wir nur scheibchenweise Informationen vom Verfassungsschutz bekommen", sagte Eva Anna, *„gehören wir nicht zum selben Verein?"*

„Wir als Österreicher schon gar nicht", erwiderte Marianne, *„du siehst, noch nicht einmal die eigenen Leute werden umfassend informiert."*

„Sachte, sachte, meine Lieben", sagte Elke, *„ganz so ist es ja nicht. Und ihr gehört als Mitglieder dieser Soko sehr wohl dazu.*

Es ist leider nur so, dass die Herrschaften in Köln in einer anderen Liga spielen und ein elitäres Gehabe pflegen."

„Egal, wie auch immer", wechselte Babs das Thema, *„wir haben jetzt das Bild eines Familienmitgliedes und können damit etwas anfangen."*

„Und was genau?", fragte Biggi.

„*Wir gehen Klinken putzen*", antwortete Babs.

„*Du willst mit diesem Bild von Haus zu Haus gehen und Fragen stellen?*"

Biggi schien von Babs' Idee nicht wirklich begeistert zu sein.

„*Hast du eine bessere Idee?*", erwiderte Babs, „*ich bin für jeden Vorschlag offen.*"

„*Natürlich nicht*", antwortete Biggi.

„*Aber vielleicht ich*", kam es von Elke.

„*Ich denke, dass es eine Familie Schwedler überhaupt nicht gibt. Die Namen sind alle falsch. Wir nehmen einfach die Liste der zur Fahndung ausgeschriebenen Personen zur Hand und ordnen die Personen altersmäßig unserer Pseudofamilie zu.*

Diese Bilder zu den Personen, die zu den falschen Familienmitgliedern passen könnten, drucken wir aus und zeigen sie herum.

Wir zeigen sie in den Geschäften in der näheren Umgebung herum, bei Taxifahrern, Busfahrern usw. und bekommen so vielleicht den einen oder anderen Treffer."

„*Das ist eine wunderbare Idee*", begeisterte sich Babs augenblicklich, „*aber wie kommen wir an die Fahndungsliste des BfV?*"[4]

„*Kein Problem*", erwiderte Elke, „*mein Chef kennt den Chef der Außenstelle Hamburg des BfV. Der wird das schon rocken.*"

*****

Björn und Paul Stöger trafen sich nun regelmäßig. Die Vertrautheit der beiden nahm zu, und so beschloss Björn, einen Schritt weiterzugehen.

„*Ich habe in der Firma gehört, dass eine ganze Familie aus dem Dorf plötzlich verschwunden sein soll. Weißt du etwas darüber?*"

Björn glaubte, in Pauls Gesicht eine gewisse Unsicherheit zu erkennen.

„*Habe ich etwas Dummes gesagt?*", gab sich Björn unschuldig.

Paul überging Björns Bemerkung. Er machte ein nachdenkliches Gesicht und fragte dann urplötzlich:

„*Was sagst du zu unserem Flüchtlingsproblem?*"

---

[4] *Bundesamt für Verfassungsschutz*

Björn war wie perplex. Er wusste, dass von seiner Antwort alles abhing. Entweder er zerstörte damit das zarte Gebilde Vertrauen oder er öffnete sich damit eine Tür, von der er nicht wusste, wohin sie führen würde.

„Hör bloß auf mit dem Scheiß", antwortete Björn, und er gab sich alle Mühe, von der Frage angewidert zu wirken.

„Ich habe mein Studium selber zahlen müssen und den ganzen Flüchtlingen blasen sie das Geld hinten und vorne rein.

Das sind alles Männer im wehrfähigen Alter. Anstatt zu Hause zu kämpfen, kassieren sie bei uns Millionen.

Wenn die Menschen bei uns nach dem Krieg auch davongelaufen wären, anstatt mit ihren Händen alles wieder aufzubauen. Wo wären wir da hingekommen?"

Ich frage mich manchmal, was aus unserer Heimat geworden ist..."

Björn machte eine Pause und Paul sah ihn prüfend an.

Dann griff Björn nach seinem Bierglas, leerte den Rest in einem Zug und sagte dann den wichtigen Satz:

„Lass uns von etwas anderem reden. Politik kotzt mich an."

Spannung lag in der Luft. Bei Paul, der abwägen musste, wie er mit dem Gesagten umgehen sollte, und bei Björn, der bangte, ob seine Hasstirade überzeugend gewesen war.

„Komm, wir gehen vor die Tür, eine rauchen", sagte Paul, und Björn erwiderte:

„Wieso? Wir können doch auch hier rauchen."

„Frag nicht", sagte Paul, *„komm einfach mit. Ich muss etwas mit dir bereden."*

Björn folgte Paul nach draußen, und seine Zuversicht nahm mit jedem Schritt zu.

Als sie hinter dem Lokal angekommen waren, krempelte Paul den Ärmel seines Hemdes hoch und hielt Björn die Innenseite seines Unterarms entgegen.

Björn lief ein kalter Schauer über den Rücken. Auf dem Arm war die Zahl 890420 tätowiert.

Die Perfidität dieses Vorgangs ließ augenblicklich erkennen, wen Björn vor sich hatte.

„Weißt du, was das ist?", fragte Paul mit einem feixenden Gesichtsausdruck, und Björn hatte große Mühe, nicht das zu tun, nachdem ihm gerade zumute war.

„Eine Zahl", antwortete Björn lapidar, der sofort deren Bezug zu deuten wusste.

„*Ja, schon*", erwiderte Paul beinahe ungeduldig, „*aber was für eine Zahl?*"

„*Eine Zahl halt; was weiß ich*", sagte Björn, scheinbar gelangweilt.

„*Lies einmal die Zahl von hinten*", forderte Paul Björn auf, und Paul las: „*024098.*"

„*Doch nicht so*", sagte Paul aufgeregt, „*das heißt 98-04-20. Klingelt es jetzt bei dir?*"

Björn tat, als würde er überlegen und sagte dann beinahe euphorisch:

„*Ist das nicht der Geburtstag des Führers?*"

„*Bist du verrückt?*", entfuhr es Paul, „*nicht so laut!*"

„*Das ist ja krass*", sagte Björn, „*auch, dass das Datum verkehrt herum steht.*"

„*Nichtwahr?*", bestätigte Paul Björns Bemerkung, „*so kommt niemand darauf. Noch nicht einmal die Bullen.*"

Das begleitende Lachen von Paul Stöger entlarvte die Primitivität dieses Mannes, von dem Björn noch vor Kurzem nicht ahnen konnte, dass er einen rechtsradikalen Hintergrund hat.

*****

„Ich glaube, ich habe den Jackpot geknackt."

Mit dieser Frohen Botschaft überraschte Björn die Mitglieder der Soko.

Dann erzählte er von seinem Gespräch mit Paul Stöger, und das dieser ihn demnächst mit in seine Gruppe nehmen würde.

„Das ist ja großartig, mein Schatz", sagte Elke und gab ihrem Kollegen einen dicken Kuss auf die Wange. Wenn die anwesenden Kolleginnen es nicht besser gewusst hätten, hätten sie annehmen müssen, dass Elke und Paul ein Liebespaar wären.

„Bedeutet das nicht im Umkehrschluss, dass der BfV mit seiner Vermutung falschliegt, dass der IS oder eine andere Terrorgruppe seine Finger im Spiel hat?", fragte Babs.

„Vermutlich schon", erwiderte Elke, und Eva Anna fügte hinzu:

„Wir sollten die neuen Erkenntnisse nicht an die große Glocke hängen."

Und wen sie damit meinte, lag klar auf der Hand.

„Sei ja vorsichtig, Björn", sagte Elke, *„diese Leute sind äußerst gefährlich."*

*****

Die Aktion mit dem Herumzeigen von Fahndungsbildern hatte Erfolg gezeigt; zumindest bei einer Person.

Erika Schwedler, die Mitarbeiterin vom Supermarkt, wurde von diversen Kunden eindeutig als Merle Schütz erkannt.

Der Zahnarzt in München, Dr. Tanner, erkannte auf den Fotos ebenso wenig die mutmaßliche Laura Schwedler, wie dessen Ehefrau.

Außerdem hatte sich Laura ja bereits durch ihre Flucht nach Brasilien einem potentiellen Zugriff entzogen.

Blieb nur noch Dominik Schwedler.

„Es ist doch schier unmöglich, dass von dem Kerl kein einziges Foto existiert", sagte Babs.

„Ich verstehe das überhaupt nicht", pflichtete Biggi bei, *„wieso befindet sich kein Bild in der Personalakte bei seinem Arbeitgeber?"*

„Das habe ich den Personalchef auch gefragt", ergänzte Babs, *„aber der hatte keine Erklärung dafür. Es soll wohl irgendwie abhandengekommen sein."*

„Ich weiß nicht", sagte Elke, *„ein bisschen schräg ist das schon irgendwie ..."*

„Nur ein bisschen?", sagte Babs, *„das alles stinkt gewaltig zum Himmel."*

Eva Anna hatte ihren Kolleginnen zugehört.

„Geduld bringt Rosen. So sagt man bei uns. Kennt ihr das auch?"

Marianne lächelte, während sich die deutschen Kolleginnen nur fragend anschauten.

„Wir werden die Nuss schon knacken, Mädels", fügte Eva Anna hinzu. *„Nicht vergessen: Wir sind die Soko Besemi."*

*****

„Hat sich Lars vielleicht inzwischen bei dir gemeldet", fragte Karola beiläufig bei einem der nächsten Treffen mit Natascha.

„Er hat doch bestimmt längst eingesehen, dass es ein Riesenfehler war, mit dir Schluss zu machen."

„Hat er nicht", antwortete Natascha, *„und das ist auch gut so."*

„Vermisst du ihn nicht?", fragte Karola und sah Natascha prüfend an.

„Diesen Honk",[5] antwortete Natascha, *„nicht eine Sekunde lang."*

---

5 *Umgangssprachliche und abwertende Bezeichnung für einen dummen Menschen.*

Dass ihre Antwort nicht der Wahrheit entsprach, war für Karola klar zu erkennen.

„Das ist gut so, Tascha", sagte Karola, *„so bleibt sie wenigstens seine Familie erspart."*

„Du kennst die Familie?", fragte Natascha überrascht, und Karola beschlich plötzlich das ungute Gefühl, sie würde sich gerade auf sehr dünnem Eis bewegen.

„Ja, schon", antwortete Karola vorsichtig, *„kennst du sie nicht?"*

Karola fühlte, wie ihr das Blut in den Kopf zu steigen begann. Vielleicht hatte sie gerade eben alles zerstört. Der Blick von Natascha verhieß nichts Gutes.

„Nicht wirklich", antwortete Natascha, und Karola fiel ein Stein vom Herzen.

„Lars wollte nicht, dass ich zu ihm nach Hause komme. Einmal, als ich ihn überraschen wollte, ist er beinahe ausgeflippt. Wir haben uns danach tagelang nicht gesehen."

„Wieso das?", fragte Karola.

„Als ich um das Haus seiner Eltern herumgegangen bin, waren mehrere Leute gerade dabei, eine Grube auszuheben.

Lars hat mich entdeckt und ist sofort auf mich zugestürzt. Er hat mich am Arm gepackt und weggezogen. Das hat ganz schön wehgetan.

Als ich dann scherzhalber gefragt habe, ob die Leute vielleicht einen Schatz vergraben wollen, hat er total überreagiert.

Er hat mich beschimpft und geschüttelt, und wenn sich sein Vater nicht eingemischt hätte, wer weiß, was Lars noch gemacht hätte. "

Karola wollte Natascha schon nach dem Aussehen des Vaters fragen, konnte sich aber gerade noch rechtzeitig zurückhalten.

„Das überrascht mich jetzt aber", sagte Karola, *„Grob war Lars nie zu mir. "*

„Es war auch das einzige Mal, dass Lars so etwas gemacht hat. Er hat sich hinterher auch bei mir entschuldigt. "

Die Art, wie Natascha das sagte, ließ erkennen, dass sie sehr wohl noch Gefühle für Lars hegte.

„Hast du ihn denn nicht gefragt, warum er damals so heftig reagiert hat? ", fragte Karola.

„Ich glaube schon", antwortete Natascha, *„so genau weiß ich das nicht mehr. Vielleicht war es für einen Pool... "*

Karola überlegte, ob sie nach den geschätzten Maßen der Grube fragen sollte, aber Natascha nahm ihr die Entscheidung ab.

„Ist doch auch egal. Komm, lass uns etwas unternehmen."

*****

Die Versammlung, zu welcher Paul Stöger Björn mitnahm, fand in einem anderen Gasthaus statt. Es hieß „Lindenhof" und der Unterschied zum Gasthaus „Zur Eiche" bestand darin, dass es eher den Charakter eines Hotels hatte und einen riesigen Saal besaß.

Björn wurde von den Anwesenden argwöhnisch beäugt. Paul stellte ihn als guten Freund mit der richtigen Gesinnung vor.

Der undercover Mann hatte lange überlegt, mit welchem Outfit er dort auftreten sollte, hörte dann aber auf den Rat von Elke, sich ganz normal zu kleiden.

Irgendein Rockergewand wäre zu aufdringlich gewesen und hätte nur Misstrauen erweckt.

Auf der Bühne stand ein Rednerpult, über welches die Reichsflagge drapiert war, und rechts und links der Bühne war sie ebenfalls aufgestellt worden.

Dann erschien der Redner. Unter Abspielen des „Badenweiler Marschs" ging ein Redner zum Pult in Reiterstiefeln und Ledermontur.

Björn lief es eiskalt den Rückenhinunter. Frenetischer Applaus brandete auf und alle Anwesenden hielten ihre Handys mit eingeschalteter Taschenlampenfunktion in die Höhe und schwenkten sie hin und her.

Als Björn sich gerade fragen wollte, wie das wohl möglich wäre, dass der Mensch beides zugleich bewerkstelligen könne, bemerkte er, dass der Applaus aus Lautsprecherboxen tönte.

Björn schwenkte sein Smartphone kräftig mit, hatte zu der Taschenlampenfunktion auch die Kamerafunktion und die Aufnahmefunktion aktiviert.

Und dann ließ er die Rede von einem neuen Deutschland mit deutschen Bürgern über sich ergehen.

Es erschreckte ihn schon ein wenig, mit welcher Hingabe die Anwesenden die Frohe Botschaft in sich aufsogen, als wäre es das Evangelium und der Redner wäre Jesus und nicht ein gehirnamputiertes Wesen, das zu wenig Mutterliebe als Kind empfangen hatte.

Der Vortrag endete mit dem Gruß, den Millionen Deutsche vor vielen Jahren euphorisch geschrien haben, ohne sich bewusst zu sein, was es für Folgen haben würde.

„Wie hat dir der Vortrag gefallen?", fragte Paul Stöger mit verklärtem Blick.

„Jedes Wort war mir aus der Seele gesprochen", antwortete Björn, dessen Großvater den Russlandfeldzug mitgemacht hatte und eines der vielen Kriegsopfer war.

Er hatte die Fäuste dabei geballt, als er das sagte, und er wäre am liebsten augenblicklich einfach nur davongerannt.

Dass es solche Versammlungen gibt mit ebensolchen Demagogen, war ihm bewusst. Aber so etwas live zu erleben, umgeben von fanatischen Menschen, das ist dann doch noch einmal etwas anderes.

Im Saal herrschte eine ausgelassene Stimmung wie in einem Festzelt auf dem Oktoberfest. Marschmusik dröhnte aus den Lautsprechern und ein Catering hatte ein tolles Buffet aufgebaut.

„Wie finanziert ihr das alles?", wagte sich Björn etwas aus dem Fenster.

Die Antwort, die er bekam, überraschte ihn.

„Sagt dir der Name Bodo von Kornfeld etwas?", sagte Paul und Björn erwiderte:

„Meinst du den von den Kornfeld-Werken?"

„Genau den", antwortete Paul, *„das ist unser Sponsor."*

Die Kornfeld-Motorenwerke sind ein mächtiger Industriekonzern mit Milliarden-Umsätzen. Und Bodo von Kornfeld ist der Herrscher über dieses Imperium.

„ Und der unterstützt eure Sache? ", fragte Björn.

„Ja, das tut er, junger Freund. "

Die Antwort war von einem Mann gekommen, der sich hinter Björn gestellt hatte. Björn wollte aufstehen, aber der Mann sagte:

„Reste-la, mon ami. J'ai écouté, que vous avez travaillez à Bruxelles. Est-ce vrai ? Il y a encore le meilleur chocolatier Meunier à la Place Napoléon? "[6]

„Oui, c'est vrai, j'ai travaillé à Bruxelles, et non, ce chocolatier se trouve sur le boulevard Anspach. "[7]

„Dann muss ich das wohl verwechselt haben", sagte der Mann, der hinter Björn stand, und reichte ihm die Hand.

„Ich bin Hans Kerschbaumer und ich heiße Sie bei uns willkommen. "

---

[6] *Bleiben Sie, mein Freund. Ich habe gehört, Sie haben in Brüssel gearbeitet. Stimmt das? Gibt es noch den besten Chocolatier Müller am Platz Napoléon?*

[7] *Ja, ja stimmt, ich habe in Brüssel gearbeitet, und nein, dieser Chocolatier befindet sich auf dem Boulevard Anspach.*

Jetzt stand Björn auf, in dem Bewusstsein, dass er gerade eine Prüfung bestanden hatte. Und er empfand große Dankbarkeit darüber, dass er vor Jahren tatsächlich in Brüssel gelebt hatte.

*****

„Ich sehe Licht am Ende des Tunnels."

Dieser Satz von Elke drückte sehr viel Zuversicht aus. Jedes einzelne Wort von Björns Bericht über sein Erlebnis war Balsam für ihre Seele.

„Dann werden wir uns den Herrn einmal zur Brust nehmen", frohlockte Karola, deren Tatendrang von Elke jedoch sofort wieder eingebremst wurde.

„Jetzt noch nicht, mien Deern. Um den Fuchs aus seinem Bau zu locken, brauchen wir noch mehr Informationen."

„Aber wieso denn?", fragte Karola, *„wir wissen jetzt doch, wer er ist."*

„Kerschbaumer ist nicht der Fuchs; auch wenn er vielleicht so tut. Erinnere dich daran, was du mir über deinen Besuch bei ihm gesagt hast. Seine Gattin ist der dominantere Teil."

„Dann ist sie der Fuchs?", versuchte Karola weiter ihr Glück."

„*Auch nicht*", kam die enttäuschende Antwort von Elke.

„*Wer war eigentlich der Redner bei der Versammlung?*", fragte Eva Anna.

„*Das weiß ich nicht*", antwortete Björn. „*Er hat sich mir nicht vorgestellt. Aber ich habe ihn gefilmt.*"

Kaum hatte Björn die Aufnahme von seinem Handy zum Übertragen auf die Projektionswand geschickt, entfuhr Babs ein Schrei:

„*Das ist ja unser Zahnarzt aus München.*"

„*Noch eine gute Nachricht*", sagte Marianne, „*jetzt sind es schon zwei. Erst unser Ortsvorsteher und jetzt auch noch Dr. Tanner.*"

„*Und beide serviert auf einem Silbertablett*", steuerte jetzt auch Biggi ihren Beitrag bei.

„*Heißt das, wir haben damit unsere Mörder?*", fragte Eva Anna.

Elke machte ein nachdenkliches Gesicht.

„*Das ist eine gute Frage, Eva*", sagte sie dann, „*aber eine andere Frage ist doch: War es wirklich Mord?*

Vergiss nicht, wir haben noch die Tochter in Brasilien, und was noch viel wichtiger ist, wir haben keine Leichen."

„*Ich bin doch ein Ochse*", rief Biggi plötzlich laut, was großes Erstaunen auslöste.

„*Wenn schon, dann höchstens eine Kuh, Biggilein*", spöttelte Babs.

Biggi sah Babs an und sagte dann.

„*Erinnerst du dich an unseren Besuch bei Dr. Tanner?*"

„*Ist der Papst katholisch*", antwortete Babs, um damit die Absurdität von Biggis Frage zu unterstreichen, „*natürlich erinnere ich mich. Ich bin doch nicht debil.*"

Biggi überging die Bemerkung von Babs.

„*Und erinnerst du dich an den Lärm, der dich genervt hat?*"

„*Du meinst das Gebimmel der Straßenbahnen, die unten vorbeifuhren*", antwortete Babs.

„*Ja, das meine ich*", erwiderte Biggi, „*und jetzt spiele ich euch etwas vor.*"

Biggi nahm ihr Handy und suchte nach einer bestimmten Sprachaufzeichnung.

„*Ich habe ja damals die Befragung von Dr. Tanner mitgeschnitten. Und als er die vermeintliche Laura Schwedler in Brasilien angerufen hat, war sein Telefon doch auf laut gestellt.*"

Jetzt passt gut auf. Ich spiele die Aufnahme jetzt ab, und ihr konzentriert euch auf eventuelle Nebengeräusche."

Biggi startete die Aufnahme und die Kriminalistinnen hörten konzentriert zu.

"Es ist die Straßenbahn", rief Babs plötzlich aufgeregt, *"spiele die Aufnahme noch einmal ab, und ihr hört gut zu und konzentriert euch auf die Straßenbahn."*

"Tatsächlich", bestätigte Eva Anna, *"man hört die Bim ganz deutlich."*[8]

"Das ist abgefahren", sagte Karola und blickte zu Elke.

"Nein, mien Deern, das ist nicht abgefahren", erwiderte Elke, *"das ist schlampige Polizeiarbeit."*

"Wie meinst du das?", fragte Eva Anna, worauf Elke aufgebracht sagte:

"Hat irgendjemand von euch die Richtigkeit dieses Anrufes überprüft?"

Elkes Blick wanderte von einer zu anderen.

"Nein?"

Die anderen hatten ihre Chefin noch nie zuvor so aufgebracht erlebt.

Babs war die Erste, die reagierte.

„Du hast natürlich recht, Boss", sagte sie, *„und ich übernehme die volle Verantwortung dafür."*

Elke sah Babs prüfend an. Boss hatte sie noch niemand bisher genannt, und ein wenig amüsierte sie diese Bezeichnung.

„Unsinn, KHK Thies", sagte sie und nahm mit dieser nicht wirklich ernst gemeinten Bezeichnung ein wenig die Spannung heraus, *„ich trage genauso viel Schuld an diesem Versäumnis.*

„Aber anyway, diese Entdeckung bringt uns wieder ein Stück weiter. Bravo Biggi, das war spitze!"

Elke applaudierte und die anderen schlossen sich an.

„Und was sagt uns das?", fragte Elke dann.

„Es gibt keine Laura Schwedler in Brasilien", brachte Marianne die leidige Angelegenheit auf den Punkt.

„Und mit wem hast du dann gesprochen?", fragte Biggi und Babs antwortete:

„Keine Ahnung; aber das gilt es jetzt herauszufinden."

„Wie wäre es denn mit einer Funkzellenabfrage?", sagte Karola.

„Das ist zwar eine ganz wunderbare Idee", antwortete Elke, *„aber dazu brauchen wir erst einen richterlichen Beschluss."*

„Oder vielleicht auch nicht", sagte Karola lächelnd, *„ich kenne jemand von der Telefongesellschaft."*

„Und du glaubst…"

„Ich kann es ja probieren", fiel Karola Elke ins Wort.

„Dann mach das, mien Deern", sagte Elke, klopfte Karola auf die Schultern und fügte hinzu:

„Aus dir wird einmal eine richtig Große."

*****

Elke hatte das BfV über die neuesten Erkenntnisse informiert. Von dort erging die Weisung an sie, die Soko möge sich künftig aus der Angelegenheit heraushalten.

„Nicht mit mir", dachte Elke und wandte sich an ihren Chef in Hamburg. Der wiederum kontaktierte das Innenministerium, und von diesem kam die erlösende Antwort: „Die Soko Besemi untersteht allein

dem Innenministerium und ist dem BfV gegenüber nicht weisungsgebunden."

Karola hatte Erfolg mit der Funkzellenabfrage. Babs musste ihr nur das Datum und die ungefähre Uhrzeit von der durchgeführten Befragung des Zahnarztes sagen, und schon konnte ermittelt werden, wer zu dieser Zeit beim betreffenden Funkmasten eingeloggt war.

Und dann platzte die Bombe. Außer dem Doktor war noch dessen Ehefrau eingeloggt, und das akkurat zu derselben Zeit.

„Das heißt, der Doktor hat mit seiner eigenen Frau telefoniert. Und ich auch", sagte Babs und konnte ein Lachen nicht unterdrücken.

„Die haben uns regelrecht verarscht. "

Solche Worte gingen Marianne normalerweise nicht leicht über die Lippen. Aber in diesem ganz speziellen Fall ging das mühelos und man hätte es wohl kaum treffender formulieren können.

„Was machen wir jetzt? ", fragte Biggi. *„Sollen wir alle verhaften und verhören? "*

„Nein, auf keinen Fall", erwiderte Elke, *„sollen sie nur alle glauben, sie wären schlauer als wir. Abgerechnet wird erst am Schluss, und noch ist das Netz zu grobmaschig. "*

*****

Björn hatte sich wieder mit Paul im Gasthaus „Zur Eiche" getroffen. Dieses Mal waren auch ein paar Gäste anwesend, in denen Björn Besucher der Versammlung erkannte, der er beigewohnt hatte.

„Ich möchte dir ein paar Gesinnungsgenossen vorstellen, wenn es dir recht ist", sagte Paul und winkte drei der anderen Gäste zu sich heran.

„Das sind Erwin, Dieter und Klaus", stellte Paul die Männer vor, *„und das ist Björn, der Controller."*

Björn fiel auf, dass ein gewisser Stolz in Pauls Stimme mitschwang, als er ihn den anderen vorstellte.

„Sie sind eine Art Buchhalter", sagte Dieter und zeichnete damit ein deutliches Abbild seiner nur mäßig vorhandenen Intelligenz.

„Nicht ganz", antwortete Björn, und als er in das enttäuschte Gesicht des Fragenden schaute, revidierte er seine Antwort und änderte sie leicht ab.

„Aber ja, wenn ich es mir genau überlege, man könnte es durchaus so nennen."

„Dann wäre er doch für den Posten des Kassierers geeignet", schlug nun Erwin vor, was Björn ein wenig irritierte.

Jetzt fehlte nur noch, dass der dritte im Bunde einen noch abstruseren Vorschlag, ob der Verwendungsfähigkeit von Björn, unterbreitete.

Aber das geschah nicht. Klaus fixierte Björn mit einem prüfenden Blick. Von der Statur her war Klaus der furchteinflößende Mann fürs Grobe.

„Leute", erlöste Paul nun Björn aus seiner unbequemen Lage, *„Controller zu werden ist kein Zuckerschlecken. Da muss man lange dafür lernen. Also nichts für Schrauber, wie ihr."*

Björn fragte, ob die drei Männer auch in der Automobilbranche tätig wären.

Schallendes Gelächter war die Antwort.

„Aber Björn, das sind doch alles Kollegen von dir", sagte Paul genüsslich, weil Björn das nicht gleich erkannt hatte.

„Na so etwas", erwiderte Björn, *„darauf müssen wir anstoßen."*

Mit diesen Worten schoss Björns Sympathiefaktor sprunghaft in die Höhe. Er bestellte eine Runde Bier, zuzüglich Schnaps, und dann wurde angestoßen. So wie man das unter guten Kollegen halt so macht.

„Hab ich es euch nicht gesagt?", triumphierte Paul, *„Björn ist voll o.k.; auf Björn!"*

Paul hob sein Glas und alle tranken auf den neuen Gesinnungsgenossen.

*****

Aus Mehl, Eier, Milch, Bergkäse, Zwiebeln, Muskatnuss, Salz und Pfeffer lässt sich ein köstliches, gut schmeckendes, vegetarisches Gericht herstellen.

Es hat auch einen Namen: Käsespätzle.

Und man bereitet sie in Bayern, im Schwabenland ebenso, wie im österreichischen Vorarlberg auf ähnliche Weise zu.

Es duftete herrlich, als Gisela die große gusseiserne Pfanne auf den Tisch stellte.

„Ich hoffe, ihr mögt Käsespätzle", sagte Gisela, als sie jedem einen Löffel in die Hand drückte.

„So haben wir es auch auf unserer Alm gegessen. Jeder nimmt sich mit seinem Löffel, so viel er mag und so lang es ihm schmeckt."

„Wenn es nur halb so gut schmeckt, wie es aussieht und wie es duftet", sagte Elke, *„dann werde ich heute Nacht nicht gut schlafen."*

„Ein Diätgericht ist es keines", erwiderte Gisela, *„man muss halt dazwischen und hinterher immer wieder spülen."*

Und zu diesem Zweck hatte sie die Schnapsflasche gleich auf den Tisch gestellt.

„Kennt ihr das?", fragte Elke in die Runde.

„Aber ja", antwortete Babs, „die kommen bei uns gleich nach den Maultaschen."

„Was ist das denn?", fragte Elke, „das habe ich ja noch nie gehört."

„Was?", erwiderte Babs, „dann weißt du auch nicht, was „Herrgottsbscheißerle"[9] sind."

„Mein Gott, nein", sagte Elke lachend, „das sind ganz wilde Sachen."

„Also pass auf", sagte Babs, „Maultaschen und Herrgottsbscheißerle, das ist dasselbe. Das sind kleine Teigtaschen, gefüllt mit Hackfleisch, Zwiebeln und Gewürzen. Die isst man dann gekocht in der Brühe, also in der Suppe, oder mit geschmelzten Zwiebeln."

„Ach so", erwiderte Elke, „du meinst Ravioli."

„Um Himmels willen", entfuhr es Babs in großer Heftigkeit, „lass das niemals einen Schwaben hören."

---

[9] Der Ausdruck „Herrgottsbscheißerle", wie der Schwabe auch zu seinen geliebten Maultaschen sagt, kommt nicht von ungefähr. Da während der Fastenzeit bis zum Ostersonntag traditionell kein Fleisch gegessen werden darf, haben die findigen Schwaben das Fleisch einfach in den Maultaschen „versteckt".

„*Entschuldige, liebe Babs*", sagte Elke unter dem Gelächter der Anwesenden, „*und verzeih einer Unwissenden.*"

„*Aber ihr kennt das schon*", sagte Biggi zu dem österreichischen Teil in der Runde.

„*Ja, vom Urlaub in den Bergen*", antwortete Eva Anna, und Marianne ergänzte:

„*Es ist eher in Vorarlberg beheimatet. Das macht wohl die Nähe zur Schweiz.*"

„*Die Schweizer nennen es auch <Chäschnöpfli>, wohl weil die Spätzle eher rund sind wie Knöpfe. Unsere sind aber besser. Außerdem isst man dort Apfelmus dazu. Das wäre nicht so meines.*"

Eva Anna hatte damit der Diskussion zum Thema „Käsespätzle" einen würdigen Abschluss beschert, und man konnte sich nun genüsslich dem Essen hingeben.

Was zuvor nicht absehbar war, trat ein. Die Pfanne wurde bis auf den Grund geleert, und die Flasche mit der Verdauungshilfe war ebenfalls inhaltslos geworden.

Begeisterung und Lob wurden Gisela in großem Maße gezollt und sie selbst empfand ein großes Glück, wie sie es lange nicht mehr erlebt hatte.

„Ich bin so froh, dass ihr jeden Tag zu mir essen kommt, und ihr seid für mich mehr als nur Gäste. Ihr seid mir richtig ans Herz gewachsen."

Tränen rannen der Wirtin übers Gesicht, als sie das sagte.

Babs war aufgestanden und hatte Gisela in ihre Arme genommen.

„Du bist eine ganz tolle Frau, Gisela, und wir alle mögen dich sehr."

Diese Worte, aus dem Mund einer Schwäbin gesprochen, waren die reine Liebeserklärung.

„Ich danke euch allen", erwiderte Gisela, und als sich die restlichen Anwesenden ebenfalls erhoben, um Gisela zu umarmen, gab es kein Halten mehr für sie. Sie nahm ihr Taschentuch, wischte sich mehrmals über die Augen und sagte:

„Ihr habt sicher noch einiges zu besprechen und ich habe noch in der Küche zu tun.

Wenn ihr etwas braucht, dann ruft mich oder nehmt es euch selber. Ihr wisst ja, wo alles steht."

Dann bewegte sie sich in Richtung Küche und ließ ein Ermittlerteam mit einem gewaltigen Völlegefühl im Bauch zurück.

*****

Björn hatte mit Elke über sein letztes Treffen mit Paul Stöger gesprochen.

„Wie bewertest du das alles?", fragte Björn.

„Ich weiß nicht", antwortete Elke, *„ein bisschen komisch finde ich das schon."*

„Was meinst du im Speziellen?", fragte Björn.

„Nun, dass die alle bei SCV arbeiten und dass Dominik Schwedler, alias Erich Meisner auch dort arbeitete…"

„Glaubst du, dass der Konzern hinter dem Ganzen steckt?", fragte Björn.

„Nein, das ganz sicher nicht", antwortete Elke, *„aber er könnte doch das perfekte Versteck sein, wo man sich ungefährdet sehen und miteinander kommunizieren kann."*

„Du hast recht", stimmte Björn bei *„was die Genossen aus der rechten Ecke angeht, würde das passen. Sehr gut sogar. Aber wie passt das Verschwinden der Scheinfamilie Schwedler da hinein?"*

„Das ist die große Frage", erwiderte Elke.

„Was meinst du? Soll ich bei Paul Stöger einen Schritt weitergehen?", fragte Björn.

Elke antwortete nicht gleich. Ihr war bewusst, wie gefährlich es werden könnte, sollte die Tarnung Björns auffliegen.

„Ja, mach das", antwortete sie schließlich, *„aber bitte, bitte, sei vorsichtig!"*

*****

Björn hatte sich mit Paul verabredet. Und wie gehofft, war auch das Dreigestirn mit von der Partie.

Björn begrüßte das Quartett mit großer Freundlichkeit.

„Das nenne ich einen schönen Zufall, dass ihr auch da seid", sagte Björn und bestellte sogleich eine Runde.

„Zufall ist das nicht", antwortete Paul, wobei er seine drei Kumpane abwechselnd anschaute, *„wir wollen dir ein Angebot machen."*

Björns Adrenalinspiegel stieg augenblicklich in die Höhe, als er das hörte.

Neugier und Verunsicherung wechselten sich ab.

„So, so", sagte er fast schon ein wenig gelangweilt, *„ihr wollt mir also ein Angebot machen. Dann lasst einmal hören."*

„Hättest du Lust, bei uns mitzumachen? Ich meine, so richtig mitzumachen?"

Björn hatte jetzt große Mühe, seine Erregung zu verbergen. Er hatte schon einige Undercover-Einsätze hinter sich; aber noch nie welche in diesem hochexplosiven menschlichen Biotop.

Die Bezeichnung „richtig mitmachen" roch sehr nach Gewalt und Zerstörung. Und nicht zuletzt auch nach Gefahr.

„Was meinst du damit?", fragte Björn vorsichtig.

„Paul meint, ob du unserem Verein beitreten willst", erklärte Dieter.

Björn spielte weiterhin den Ahnungslosen.

„Ach so, jetzt verstehe ich. Ihr meint Beitrag zahlen und so. Ich glaube nicht; das ist mir zu langweilig."

„Bist du so blöd oder tust du nur so."

Das war eine klare Kampfansage von Klaus an Björn, und Björn musste nun angemessen darauf reagieren.

„Pass einmal auf, du Pfeife", sagte Björn. *„So sprichst du nicht mit mir. Entweder du entschuldigst dich auf der Stelle, oder wir gehen kurz nach draußen und klären das, wenn du den Mumm dazu hast."*

Jetzt zeichnete sich deutlich eine Hierarchie bei den vier Männern ab.

Währen sich Dieter und Erwin zurückzogen, blickte Paul den Aggressor Klaus nur kurz an. Aber das genügte.

„Tut mir leid, Björn", kam es zähneknirschend aus dem Mund von Klaus, *„ich habe das nicht so gemeint. "*

Und als Zeichen seines Goodwills streckte er Björn die Hand entgegen.

Björn machte jedoch keinerlei Anstalten, die Hand von Klaus anzunehmen.

„Jetzt sei nicht so, Björn", animierte Paul ihn mit sanfter Stimme, *„Klaus ist kein übler Kerl. Er schießt nur ab und zu etwas über das Ziel hinaus. Aber er ist für viele Dinge gut zu gebrauchen. "*

Björn, der sich wohl vorstellen konnte, was damit gemeint war, gab sich scheinbar einen Ruck und nahm dann die Hand von Klaus an.

Dessen Händedruck hatte etwas von einem Schraubstock an sich, und sein Blick hatte mit Versöhnung nicht wirklich etwas zu tun.

Es war für Björn klar zu erkennen, dass er gerade einen Feind fürs Leben gewonnen hatte.

„*Na, also*", quittierte Paul das Geschehen, „*geht doch.*"

„*Grundsätzlich hätte ich nichts dagegen, bei euch mitzumachen*", nahm Björn das Gespräch wieder auf. „*Aber das Gelabere von einem besseren Deutschland und Heimat ist mir zu wenig. Da müssten schon Taten folgen.*

Ich war einmal bei den Hells Angels, da wurde auch nur herumgelabert. Ich bin dann schnell wieder ausgestiegen."

„*Wer sagt denn, dass bei uns nur herumgelabert wird?*", fragte Paul und öffnete damit ein wenig sein Visier.

Björn musste gerade erkennen, dass er sich bei Paul gewaltig geirrt hatte. Dieser Mann war ein wesentlich größeres Rädchen im Getriebe, als Paul vermutet hatte.

Jetzt begann ein Taktieren. Björn und Paul blickten einander lange nur an. Dann sagte Björn:

„*Dann lass einmal hören, Paul.*"

„*Ich muss erst wissen, ob ich dir trauen kann*", erwiderte Paul, worauf Björn sagte:

„*Das kannst du nicht; ebenso wenig, wie ich dir oder den anderen trauen kann. Ich wünsche euch noch einen schönen Abend.*"

Damit trank Björn sein Glas aus, legte ein paar Geldscheine auf den Tisch und verließ das Lokal. Bevor er durch die Tür ging, drehte er sich noch einmal um.

„Wie ich schon gesagt habe. Alles wieder nur Gelabere…"

*****

Björn hatte sich mit Elke zu einem Gespräch getroffen. Der Treffpunkt lag etwas weiter außerhalb, denn das Risiko, gemeinsam gesehen und erkannt zu werden, war einfach zu groß.

Dass es in den eigenen Reihen Sympathisanten für die rechte Ecke gab, war mehr als wahrscheinlich.

Die Herrmannswarte war ein beliebtes und stark frequentiertes Ausflugsziel, wo man sich gut unter die Menge mischen konnte, ohne aufzufallen.

Björn hatte Elke von seinem letzten Treffen mit Paul Stöger erzählt.

„Du hättest vielleicht nicht so ablehnend reagieren sollen", sagte Elke, *„es wäre schade, wenn dieser Kontakt verbrannt wäre."*

„Vielleicht", erwiderte Björn, *„vielleicht auch nicht. Ich habe noch immer ein gutes Gefühl. Es ist nicht zu übersehen, dass meine Tätigkeit als Control-*

ler bei SCV für Paul einen großen Anreiz darstellt. "

„Ich hoffe, du hast recht", sagte Elke, *„du bist zurzeit das einzige Eisen, das wir im Feuer haben. "*

„Was ist mit dieser Studentin, an der Karola dran ist? ", fragte Björn.

„Das ist eine schwierige Kiste", antwortete Elke, *„das dumme Kind ist noch immer in Lars verliebt, und Karola muss sehr behutsam vorgehen, um Natascha nicht zu verbrämen. "*

„Dann bleibt es wohl an mir hängen", erwiderte Björn. *„Aber keine Angst, Boss; wir werden das Kind schon schaukeln. "*

„Hoffentlich, du verrückter Kerl", antwortete Elke, *„und pass ja gut auf dich auf! "*

Ein kleiner Kuss auf Elkes Wangen beendete das Gespräch. Dann war Björn in der Menge verschwunden.

*****

Es dauerte nur wenige Tage, bis sich Paul bei Björn wieder meldete.

„Ein Wagen wird dich heute Abend um 20 Uhr vor dem Gasthaus abholen. Wenn du noch Interesse

an unserer Sache hast, dann steig ein. Wenn nicht, dann gehen wir ab sofort getrennte Wege."

Diese kryptische Nachricht klang sehr verheißungsvoll. Björn rief sofort Elke an, um ihr davon zu berichten.

„Das gefällt mir gar nicht", sagte Elke. „Kannst du dich nicht mit ihm an einem sicheren Ort treffen?"

„Wenn ich die Einladung nicht annehme, schöpft er vielleicht Verdacht. So komme ich eventuell näher an den inneren Kreis heran."

Elke antwortete nicht sofort.

„Bist du noch dran?", fragte Björn.

„Ich finde halt, dass du ein nicht kalkulierbares Risiko eingehst", antwortete Elke. „Was ist, wenn sie deine wahre Identität herausgefunden haben?"

„Das ist unmöglich", antwortete Björn, „meine falsche Vita wurde durch eine der fähigsten Mitarbeiterin vom LKA Hamburg erstellt."

Elke musste lächeln. Sie kannte Björn schon viele Jahre und zwischen ihnen war eine wunderbare Freundschaft gewachsen.

„Dann mach, was du glaubst", sagte Elke, „und stay alive!"

*****

Björn stand Punkt 20 Uhr vor dem Gasthaus. Eine schwarze Limousine kam heran und blieb direkt vor ihm stehen.

Paul Stöger stieg aus und sagte zu Björn:

„Steig bitte ein – und stelle keine Fragen!"

Björn stieg ein. Im Auto saßen vier Personen. Er selbst saß im Fond des Wagens, zwischen Klaus und Paul. Vor ihm saßen der Fahrer und ein weiterer Mann, den Björn nicht kannte.

„Paul wird dich jetzt abtasten und dann bekommst du eine Haube über den Kopf gestülpt. Wenn du das alles nicht möchtest, dann kannst du jetzt noch aussteigen.

Wenn du jedoch damit einverstanden bist, dann fahren wir los, und dann gibt es auch kein Zurück mehr."

„Dann mach schon", sagte Björn zu Klaus, *„und pass ja auf, wo du hin greifst."*

Wenig später fuhr das Auto los. Björn versuchte erst gar nicht, sich die Wegstrecke einzuprägen. Zu viele Richtungsänderungen machten es schlicht unmöglich.

Es dauerte geschätzte vierzig bis fünfzig Minuten, bis sie am Ziel angekommen waren.

Als Björn ausstieg, hatte er noch immer die Haube über dem Kopf. Paul und Klaus führten ihn am Arm in ein Gebäude. Dort setzten sie ihn auf einen Stuhl.

„Ihr könnt ihm die Maske jetzt abnehmen."

Björn konnte das Gesicht des Mannes zwar nicht sehen, glaubte aber seine Stimme zu erkennen.

Sein Gegenüber saß im Dunklen und aus seiner Richtung strahlte Björn eine Lampe an.

„Was ist das für ein dummes Spiel?", sagte Björn, *„sind wir hier vielleicht bei der Gestapo?"*

„Sie haben Humor, Herr Heller", erwiderte der Mann im Dunkeln, *„das gefällt mir."*

„Und Sie scheinen das Licht zu meiden, Herr..."

„Sie können mich einfach Magnus nennen", sagte der Unbekannte.

„Magnus, der Große, der Bedeutende. So bescheiden?", spöttelte Björn, *„warum nicht Maximus?"*

„Lassen wir das, Herr Heller", erwiderte der Magnus, *„kommen wir jetzt lieber zu Ihnen.*

Ich habe Ihre Identität prüfen lassen. Sie waren tatsächlich in Brüssel tätig. Und sie sind gut in Ihrem Beruf."

Björn begann seine Atmung wieder in ruhigere Bahnen zu lenken. Es war – Gott sei Dank - niemand aufgefallen, dass er bis zu den Haarspitzen angespannt war, denn die Ungewissheit, ob sein Inkognito gewahrt bleiben würde, hatte ihm schon arg zugesetzt.

„Ich weiß, dass ich gut bin", antwortete Björn, *„aber wie ist das mit Ihnen? Was haben Sie zu bieten?"*

Man konnte es fast spüren. Klaus, der neben Björn wie ein Kettenhund stand, litt unter den kecken Ansagen von Björn. Er hätte Björn nur allzu gern eine reingehauen; aber dazu hätte er das GO von Magnus gebraucht.

Es dauerte eine Weile, bis Björn eine Antwort auf seine Frage bekam. Er fürchtete einen Augenblick lang, er hätte den Bogen vielleicht überspannt.

„Ich könnte Ihnen eine wichtige Aufgabe bei dem Wiederaufbau Deutschlands übertragen."

Diese markigen Worte beeindruckten Björn. Er musste sich selbst eingestehen, dass Magnus keinesfalls einer dieser Schläger war, wie man sie hie und da im Fernsehen präsentiert bekommt.

Das war ein Mann mit einer Vision, der die Meinung eines großen Teils der Bevölkerung repräsentierte. Eine hohe Arbeitslosenzahl, das Flüchtlingsproblem, steigende Preise, all das war der Boden, auf welchem Magnus und seine Mitstreiter ihre Saat ausbrachten: Gewalt und Anarchie.

„*Was wäre denn meine Aufgabe in Ihrem Verein?*"

Björn wählte bewusst diese Worte. Erstens, weil er herausfinden wollte, ob sich Magnus provozieren ließ, und zweitens, um nicht den Eindruck zu erwecken, er würde den Köder sofort schlucken.

„*Ein Kontroller kann doch logisch und analytisch denken; nicht wahr?*", sagte Magnus.

„*Sagen wir einmal so*", erwiderte Björn, „*es wäre zumindest nicht hinderlich bei seiner Arbeit.*"

Björn glaubte Klaus mit den Zähnen knirschen zu hören und innerlich mit den Hufen zu scharren.

„*Wollen Sie nicht endlich aufhören, Spielchen zu spielen?*"

Diese Bemerkung von Magnus ließ Björn hellhörig werden. Sollte ihn Magnus durchschaut haben?

„*Ich passe mich Ihnen nur an*", erwiderte Björn schlagfertig, „*oder wollen Sie mir endlich sagen, was genau Sie von mir wollen?*"

„*Sie sollen sich um die Logistik bei uns kümmern, Herr Heller.*"

Nun war die Katze aus dem Sack. Björn nahm sich Zeit für die nächste Antwort, und Magnus ließ ihm die Zeit.

„Das wäre nicht uninteressant für mich", sagte Björn, fügte aber sofort hinzu:

„Was aber, wenn ich nicht will?"

„Das wird ihnen Herr Stöger auf der Rückfahrt erklären", antwortete Magnus. *„Sie haben drei Tage Zeit, ihm Ihre Entscheidung mitzuteilen.*

Für heute danke ich Ihnen, dass Sie sich die Zeit für mich genommen haben. Ich wünsche Ihnen eine gute Rückreise."

Dass Magnus aufstand und wegging, konnte Björn nicht mehr sehen. Klaus hatte ihm bereits die Haube wieder über den Kopf gestülpt.

Und so, wie er abgeholt worden war, so brachten ihn seine Begleiter auch wieder zurück.

„Wie hat dir Magnus gefallen?", fragte Paul, der jetzt neben dem Fahrer Platz genommen hatte. In seiner Stimme schwang Bewunderung für diesen Mann mit.

Björn verstand das sogar. Magnus, oder wie immer der Mann hieß, hatte Rattenfänger-Potenzial. Er schien intelligent zu sein und rhetorisch gut beschlagen. Eine Führernatur eben.

„Du sollst mir doch erklären, was passiert, wenn ich NEIN sage?", fragte Björn, und bevor Paul darauf antworten konnte, sage Klaus:

„*Dasselbe, wie mit den Schwedlers.*"

„*Bist du verrückt?*"

Paul hatte es förmlich hinausgeschrien. „*Kannst du nicht einmal denken, bevor du etwas sagst?*"

Klaus zuckte zusammen. Und wieder offenbarte sich, dass Paul in der Hierarchie weit über Klaus stand.

„*Das wird Folgen für dich haben, du Hornochse.*"

Klaus ließ es über sich ergehen; aber er schwor sich, eines Tages Björn für das alles büßen zu lassen.

„*Heißt das, ich werde dann auch aus dem Dorf gejagt?*", fragte Björn scheinbar belustigt.

„*Soweit muss es ja nicht kommen, mein Freund*", antwortete Paul, „*ich bin mir sicher, du wirst die richtige Entscheidung fällen.*"

Der Rest der Fahrt verlief schweigend.

Björn begann Überlegungen anzustrengen, wie es weitergehen könnte. Er war ziemlich überzeugt davon, die Stimme von Magnus erkannt zu haben. Auch wenn dieser seine Stimme offenkundig verstellt hatte. Er hatte ihr einen unnatürlichen Singsang beigemischt.

*****

"Ich bin sehr froh, dass es dir gut geht."

Elkes Erleichterung deckte sich mit der von Björn. Auch er war mehr als froh darüber, dass das nächtliche Treffen mit Magnus ohne Schaden für ihn geblieben war.

"Du bist dir sicher, dass Dr. Brand dein Gesprächspartner war?", fragte Elke.

"Ziemlich", antwortete Björn, *"ich habe ihn zwar nur ein einziges Mal in der Firma getroffen, aber ich habe seine Stimme genau im Ohr.*

Und dann fällt mir gerade noch etwas ein. Der süßliche Duft, der mir entgegen drang, als sich der Kerl über mich beugte. Es handelt sich um ein aufdringliches Eau de Toilette. Ich glaube, Schwule benützen das."

"Ein Schwuler in der Szene", erwiderte Elke, *"vergiss es. Seine Kumpane würden ihn grillen, wenn sie es herausfänden."*

"Vielleicht irre ich mich", sagte Björn, *"aber den Duft würde ich wiedererkennen."*

"Was wirst du jetzt machen, du Spezialist für Logistik?", fragte Elke.

"Die reife Frucht Paul Stöger pflücken", antwortete Björn.

*****

Das vierblättrige Kleeblatt war bereits vor Ort, als Björn, zeitgleich mit Eva Anna und Biggi, das Gasthaus betrat.

Während Björn direkt zu dem Tisch ging, an welchem die Männer saßen, setzten sich Eva Anna und Biggi an einen anderen Tisch.

Björn klopfte Paul auf die Schulter und sagte:

„Schau einmal, was ich mir machen hab lassen?"

Björn krempelte den Ärmel seines Hemdes hoch und hielt Paul seinen Arm entgegen, auf welchem die Buchstaben **H–H** tätowiert waren.

„Weißt du, was das heißt?", fragte er triumphierend.

„Natürlich weiß Paul, was das heißt", antwortete Klaus stellvertretend.

„Dich habe ich nicht gefragt, du Affe", sagte Björn in barschem Tonfall und wandte sich wieder dem völlig überraschten Paul zu.

„Heil Hitler", antwortete Paul wie paralysiert.

„Irrtum, mein Lieber", erwiderte Björn, *„das heißt Hände hoch!"*

Mit diesen Worten griff Björn zu seiner Waffe und hielt sie Klaus entgegen, der Anstalten machte, sich auf Björn zu stürzen.

„Bleib ja schön sitzen, King Kong", sagte Björn zu Klaus und dann zu Paul:

„Paul Stöger, ich verhafte Sie unter dem Verdacht, die Mitglieder der Familie Schwedler ermordet zu haben. "

Die beiden Frauen am Nachbartisch waren aufgestanden und näherten sich. Sie hielten ihre Hand im Bereich ihrer Hüften, und was sie damit bezweckten, war deutlich erkennbar.

„Ach ja", sagte Björn, *„das sind übrigens Gesinnungsgenossen von mir. Also macht keinen Blödsinn, Männer. Ihr bleibt sitzen, bis wir das Lokal verlassen haben. Dann könnt ihr Onkel Magnus anrufen und Grüße von mir bestellen.*

Sagt ihm, ich werde ihn demnächst besuchen und unser Gespräch fortsetzen. Ich freue mich schon sehr darauf. "

Björn genoss seinen Auftritt in vollen Zügen. Er legte Paul Handschellen an und führte ihn, vor den Augen seiner Kumpane, aus dem Lokal, während Eva Anna und Biggi den Abgang absicherten.

*****

Eva Anna stand mit Björn hinter der Scheibe zum Verhörraum.

*„Warum hast du dir dieses **H-H** tätowieren lassen?"*, fragte Eva Anna.

„Quatsch", antwortete Björn, *„das war doch nicht echt. Das war ein Henna-Tattoo und ist schon wieder weg. Glaubst du wirklich, ich verschandle diesen Astralkörper mit Farbe?"*

Eva Anna musste lachen. An Selbstbewusstsein mangelte es diesem Tausendsassa ganz offenbar nicht.

„Und wann willst du mit seiner Befragung beginnen?", fragte Eva Anna mit Blick in den Verhörraum.

„Wenn mein Publikum vollzählig ist", antwortete Björn.

Als die Tür aufging und Elke erschien, wurde Eva Anna klar, wen Björn mit Publikum gemeint hatte.

„Du kannst anfangen, mein Schatz", sagte Elke, *„genieße die Frucht deiner Arbeit."*

Eva Anna konnte Elkes Worte gut nachvollziehen. Ohne die Ideen, den Mut und die Beharrlichkeit von Björn wäre die Soko nicht so weit gekommen.

*****

Vernehmung des Beschuldigten, Paul Stöger:

„Vernehmung durch Kriminalhauptkommissar Heller und Kriminaloberkommissarin Pföhler. Beginn der Befragung: 10:00 Uhr.

Anwesend ist außerdem der Beschuldigte, Paul Stöger."

Biggi war überrascht, als sie von Elke erfuhr, sie würde bei der Vernehmung dabei sein. Elke hatte sie jedoch angehalten, sie möge sich nicht aktiv daran beteiligen.

„Bitte, nennen Sie Ihren Namen und Ihr Geburtsdatum."

Der Beschuldigte kam der Aufforderung von KHK Heller brav nach und nannte seine persönlichen Daten.

„Sie wissen, warum Sie hier sind?", begann nun Björn mit der Vernehmung.

„Nein, das weiß ich nicht", antwortete Paul Stöger mit einer ordentlichen Portion Überheblichkeit. *„Und außerdem sage ich nichts mehr ohne meinen Anwalt."*

„Interessant, Herr Stöger", erwiderte Björn, *„hat man Ihnen das auch in Ihrem Verein beigebracht? Es ist nur so, dass ich weit und breit keinen Anwalt sehe."*

Paul Stöger wurde unruhig. Er hatte fest damit gerechnet, dass ein Anwalt anwesend sein würde.

„Sie haben ein miserables Gedächtnis, Herr Stöger", fuhr Björn fort, *„denn sonst wüssten Sie noch, was ich bei Ihrer Verhaftung zu Ihnen gesagt habe.*

Sie sind angeklagt, mehrere Personen ermordet zu haben. Und dafür werden Sie sehr lange hinter Gitter sitzen."

„Ich habe niemand ermordet", stieß Paul Stöger hervor. Seine scheinbare Gelassenheit schien sich gerade in Rauch aufzulösen.

„Zeigen Sie mir doch erst einmal, wo die Leichen sind. Ohne Leichen gibt es nämlich auch keine Morde."

„Die graben wir gerade aus, Herr Stöger", sagte Biggi, entgegen der Anweisung von Elke, sie möge sich nicht an der Vernehmung beteiligen.

Björn wollte gerade Biggi mit einem strafenden Blick belegen, als ihm auffiel, dass Paul Stöger regelrecht zusammengezuckt war, als Biggi das gesagt hatte.

Elke und Eva Anna war es ebenfalls aufgefallen.

„Ich glaube, unsere Biggi hat gerade den Stein umgedreht, unter dem das Geheimnis verborgen lag."

Eva Anna nickte, als Elke das sagte.

„*Sie können mir gar nichts beweisen*", sagte Paul Stöger, der seine Fassung wiedergewonnen zu haben schien.

„*Noch nicht, mein Lieber*", erwiderte Björn, „*aber das macht nichts.*"

Björn nahm sein Handy und zeigte Paul Stöger ein Bild.

„*Weißt du noch, wo wir das gemacht haben?*"

Paul Stöger sah auf das Display von Björns Handy und erkannte das Bild. Es zeigte ihn und Björn in einer freundlichen Umarmung.

„*Das war damals ein ganz besonders schöner Abend. Findest du nicht auch?*

Was glaubst du, werden Magnus und die anderen denken, wenn sie dieses Bild morgen in der Zeitung sehen?

Und dann noch die Überschrift: Polizei und Informant sprengen eine kriminelle Vereinigung."

Paul Stöger wurde blass.

„*Aber das können sie dir ja selber sagen, wenn du sie triffst*", legte Björn nach.

„*Wie du schon richtig gesagt hast, wir haben ja keine Beweise. Also müssen wir dich wieder laufen lassen.*"

Björn beugte sich zum Mikrofon und sagte:

„Ende der Vernehmung um 10:30 Uhr. Der anwesende Paul Stöger ist auf freien Fuß zu setzen.“

Björn stand auf und sagte beim Hinausgehen:

„Du kannst gehen Paul!“

Paul Stöger starrte zu Björn mit weit aufgerissenen Augen und schrie:

„Das kannst du doch nicht machen. Die bringen mich um.“

Björn blieb stehen und drehte sich um.

„Ich weiß, Paul“, sagte er mit ruhiger Stimme, *„Augen auf bei der Berufswahl.“*

Dann ging Björn endgültig hinaus und ließ einen gebrochenen Paul Stöger zurück.

Elke und Eva Anna mussten erst einmal verdauen, was sie gerade miterlebt hatten.

„Das war unglaublich“, sagte Eva Anna, *„so etwas, habe ich noch nie gesehen.“*

„Ja“, erwiderte Elke, *„mein Björn spielt eben in der Champions League…“*

*****

Es herrschte große Aufregung beim Brainstorming, welches Elke für den nächsten Tag anberaumt hatte.

Das komplette Team war versammelt, um Björn hochleben zu lassen. Elke erlaubte ausnahmsweise, dass ein Glas Sekt getrunken wurde, weil sie wie die anderen erkannt hatte, dass ein Durchbruch bei den Ermittlungen unmittelbar bevorstehen konnte.

Björn hatte noch am Vorabend den völlig gebrochenen Paul Stöger ein weiteres Mal vernommen.

Nachdem Björn nach der ersten Vernehmung den Raum verlassen hatte, verlor der Beschuldigte total die Beherrschung. Er tobte wie ein wildes Tier im Käfig und schrie ständig, Björn möge zurückkommen.

Björn kam auch zurück; aber erst eine Stunde später. Diese Vorgangsweise des „Durchgarens", wie Björn es bezeichnete, fand nicht bei allen Zustimmung.

Karola machte aus ihrer Meinung, dass das schon fast Guantánamo-Methoden seien, auch keinen Hehl.

Björns Argument, es ginge darum, eventuell Menschenleben zu retten, vermochte ihre Einstellung nicht zu ändern.

Auch dann nicht, als Björn einen Erfolg vorweisen konnte.

Paul Stöger bot an, umfassende Kenntnisse über seinen Verein preiszugeben, wenn er im Gegenzug dafür eine neue Identität erhalten würde und auch Straffreiheit.

Der Oberstaatsanwalt wurde informiert, und schon bald darauf wurden einige Mitglieder, darunter auch Dr. Eberhard Brand, alias Magnus, in Untersuchungshaft genommen.

„Sind Sie mir immer noch böse, Kollegin?"

Björn hatte mit Karola angestoßen.

„Eigentlich könnten wir doch gleich auf DU anstoßen. Was hältst du davon?"

„Ich mag Sie und Ihre Methoden nicht, Herr Heller", erwiderte Karola kühl auf Björns Annäherungsversuche.

Elke hatte es mitbekommen und sagte jetzt:

„Jetzt ist es genug, Herrschaften", sagte sie, *„lasst uns wieder an die Arbeit gehen. Es ist noch genug zu tun."*

„Kann ich etwas sagen?", fragte Karola.

„Natürlich, Karola", antwortete Elke, *„und ihr anderen, hört bitte zu!"*

*****

Im Zuge der Befragung von den verhafteten Mitgliedern der rechtsradikalen Vereinigung, war auch der Leiter der Dienststelle Pfaffenhofen ins Visier der Ermittler geraten.

Er wurde vom Dienst freigestellt und ein Disziplinarverfahren wurde eingeleitet. Der Vorwurf: Weitergabe von Dienstgeheimnissen und ein eventueller Sympathisant zu sein.

Karola empfand eine gewisse Genugtuung, als sie davon erfuhr. Die Kränkung durch ihn saß noch immer recht tief bei ihr.

Im Zuge des Brainstormings hatte Karola eine interessante Anmerkung gemacht:

„Ich habe euch doch erzählt, dass Natascha einmal Lars zu Hause besuchen wollte und dabei einige Männer beim Ausheben einer Grube erwischt hat.

Was wäre, wenn das keine Vorbereitung für den Einbau eines Pools war, sondern Vorbereitung für ein Grab?"

Diese Worte schlugen ein wie eine Bombe.

„Erinnert euch an die Reaktion von Paul Stöger, als Biggi sagte, wir würden gerade die Leichen ausgraben", fügte Björn hinzu, *„das passt doch wunderbar zusammen. Findet ihr nicht auch?"*

Björns Blick wanderte von einer Kollegin zur anderen, bis er bei Karola haltmachte.

Karola wollte sich dem Blick entziehen, konnte es aber nicht.

Und obwohl sie sich sträubte, konnte sie ein aufkommendes Gefühl von Wärme und Zuneigung nicht verhindern.

Als Björn dann noch zu Karola hinging und seinen Arm um ihre Schulter legte, erlosch auch noch der letzte Rest Widerstand.

„Karola hat völlig recht", sagte Björn, *„die haben die Leichen im Garten verbuddelt."*

„Und wer sind DIE?", fragte Marianne.

„Das müssen wir jetzt nur noch herausfinden", antwortete Björn, *„wir haben ja ein paar Kandidaten, die wir dazu befragen können."*

*****

Vernehmung des Beschuldigten, Dr. Eberhard Brand:

„Vernehmung durch Kriminalhauptkommissar Heller und Kriminaloberrätin Storm. Beginn der Befragung: 10:00 Uhr.

Anwesend ist außerdem der Beschuldigte, Dr. Eberhard Brand."

Nachdem dem Protokoll Genüge getan war, sah Björn sein Gegenüber mit einem breiten Grinsen an.

„Hallo Magnus! So sieht man sich wieder.

Eigentlich müsste ich ja Minimus zu dir sagen, denn einen Magnus kann ich gerade nicht erkennen."

Dr. Brand schwieg.

„Riechst du das auch?", wandte sich Björn zu Elke. *„Eigentlich müsste man stinken sagen, anstatt riechen."*

Dann drehte sich Björn wieder dem Beschuldigten zu.

„Du verdienst doch als Personalchef von SCV nicht schlecht. Wieso verwendest du dann dieses billige, übelst riechende Eau de Toilette?

Das hat mich schon bei unserer ersten Begegnung gestört."

„Ich weiß gar nicht, was Sie von mir wollen", erwiderte der Beschuldigte, *„ich habe Sie noch nie zuvor gesehen."*

„Also wirklich", sagte Björn, *„das kränkt mich jetzt. Ich bin doch Controller in Ihrer Firma, und außerdem habe ich Sie bei unserer letzten Begegnung heimlich gefilmt."*

„Das ist unmöglich, ich saß völlig im Dunkeln."

Damit hatte niemand gerechnet; am wenigsten wohl Dr. Brand selber. Der Mann, der aussah, als hätte er die Situation völlig im Griff, hatte kurzfristig die Nerven verloren.

Es herrschte totale Stille.

„Ach ja, Magnus", sagte Björn in die Stille hinein, *„entschuldige bitte; das hatte ich völlig vergessen. Das war ja die Gestapo-Nummer."*

„Ich sage nichts mehr ohne meinen Anwalt."

Dr. Brand war bewusst, dass er gerade übertölpeln worden war.

„Dann bis später, Herr Doktor", sagte Björn und verließ mit Elke den Raum. Draußen wartete Karola.

„Geilt Sie das auf?"

Karola hatte ihre vorübergehend abhandengekommene Ablehnung wiedergefunden.

„Ich weiß gar nicht, was du meinst?", erwiderte Björn.

„Es reicht!"

Elke hatte diese zwei Worte in einem Ton gesagt, der keinen Widerspruch duldete, und Björn fügte sich.

*****

„Was ist das zwischen euch?"

Elke saß mit Karola in einem Kaffeehaus, wenige Kilometer außerhalb von Pfaffenhofen.

„Ich mag ihn nicht", antwortete Karola.

Elke sah Karola lange an.

„Ich erzähle dir jetzt einmal eine Geschichte.

Es war einmal eine Familie: Vater, Mutter, eine achtzehnjährige Tochter und ein vierzehnjähriger Sohn. Durch einen schweren Schicksalsschlag wurde der Sohn über Nacht Vollwaise.

Die Schwester der Mutter nahm den Sohn zu sich. Der Anfang war sehr schwierig, weil der Junge sich gegen alles und jeden auflehnte.

Das größte Problem war, dass er niemand an sich heranließ. Er drohte völlig abzurutschen. Seine Tante brachte ihn bei der Polizeiakademie unter. Dort drohte er schon nach kurzer Zeit wieder rauszufliegen. Aber nach und nach lernte er, seine Aggression in geordnete Kanäle zu lenken.

Sein außergewöhnliches Talent und wohl auch zum Teil seine Sorglosigkeit ließen ihn schnell Erfolg haben. Er wurde ein begnadeter Ermittler.

Er hat sich leider eine so dicke Haut zugelegt, dass sie für Außenstehende schwer bis gar nicht zu durchdringen geht."

Hier machte Elke eine Pause.

Karola bemerkte, dass Elke Tränen in den Augen hatte.

„Der Junge heißt Björn und du bist die Tante."

Elke sah Karola an und lächelte.

„Ja, mien Deern", sagte Elke, *„vielleicht bist du nun nicht mehr so streng mit ihm. Und vielleicht magst du ihn ja sogar eines Tages."*

Jetzt lächelte auch Karola. Und plötzlich machte es Sinn, dass sie noch vor Kurzem einen Anflug Sympathie für den Verrückten empfunden hatte.

„Danke, Elke, dass du mir diese Geschichte erzählt hast", sagte Karola, und Elke erwiderte:

„Sehr gern, mien Deern. Aber nicht vergessen, die Geschichte ist nicht für die Allgemeinheit bestimmt."

*****

Elke hatte alle Hebel in Bewegung gesetzt, um einen Durchsuchungsbeschluss für das Haus und den Garten der Schwedlers bei der Staatsanwaltschaft zu erwirken.

Natascha musste ihnen die Stelle im Garten zeigen, die sie damals bei ihrem Besuch gesehen hatte, als die Männer eine Grube aushoben.

Es musste gar nicht sehr tief gegraben werden. Was dann zutage kam, drehte den Ermittlerinnen den Magen um. Es waren einzelne Körperteile von verschiedenen Personen. Ratlosigkeit machte sich breit.

Der anwesende Leiter der Forensik, Dr. Waldemar Pisch, gab eine vorsichtige Einschätzung ab:

„Ich denke, es handelt sich um Körperteile von zwei verschiedenen Personen."

„Wie kommen Sie darauf, Doktor?", fragte Babs.

„Die unterschiedlichen Körpermaße", antwortete der Forensiker. *„Es handelt sich um eine erwachsene, männliche, ältere Person und um eine junge, weibliche Person."*

„Ich möchte so schnell wie möglich Ergebnisse", sagte Elke. *„Ich denke, wir wissen, um wen es sich hier handelt. Und bringt mir den Ortsvorsteher, pronto!"*

Eine Stunde später saßen sich Hans Kerschbaumer, die Kriminaloberrätin Elke Storm und die Chefinspektorin Marianne Langmayr gegenüber.

*****

Vernehmung des Beschuldigten, Hans Kerschbaumer:

„Vernehmung durch Kriminaloberrätin Storm und Chefinspektorin Langmayr. Beginn der Befragung: 11:45 Uhr.

Anwesend ist außerdem der Beschuldigte, Hans Kerschbaumer.

Nennen Sie uns bitte Ihren Namen und Ihr Geburtsdatum."

„Wieso bin ich hier? Ich habe doch überhaupt nichts getan", presste der Ortsvorsteher aufgeregt hervor.

„Das werden Sie alles gleich erfahren, Herr Kerschbaumer, aber jetzt nennen Sie bitte Name und Geburtsdatum. Wir brauchen das fürs Protokoll", antwortete Marianne.

„Ich heiße Hans Kerschbaumer und mein Geburtsdatum ist der 1. April 1976", sagte der Ortsvorsteher und schaute dann die beiden Ermittlerinnen fragend an.

„Es dürfte Ihnen nicht entgangen sein, dass auf dem Grundstück der Familie Schwedler Leichenteile gefunden wurden. Was sagen Sie dazu?"

Der Ortsvorsteher zuckte mit den Schultern.

„*Das kann das Mikrofon nicht hören*", sagte Marianne, „*also antworten Sie laut und deutlich.*"

„*Ich weiß nicht*", stotterte der Ortsvorsteher.

„*Das ist Bullshit*", sagte Elke und hieb mit der flachen Hand auf den Tisch.

„*Hören Sie gut zu, Herr Ortsvorsteher. Das hier ist eine äußerst heikle Angelegenheit.*

Entweder Sie kooperieren oder Sie legen sich die Schlinge selbst um den Hals.

Und glauben Sie mir. Niemand wird Ihnen zu Hilfe eilen. Kein Paul Stöger, kein Dr. Brand und schon gar kein Bodo von Kornfeld.

Sie sind ein Bauernopfer, auf das man verzichten kann."

Im Kopf von Hans Kerschbaumer hüpften die Gedanken im Quadrat.

„*Was wollen Sie wissen?*", fragte der Ortsvorsteher, der gerade vor einem Abgrund stand, und der Angst hatte, hinunterzustürzen.

Und dann erleichterte Hans Kerschbaumer sein Gewissen, und mit jedem Wort wurde ihm leichter ums Herz…

****

Die weitere Vernehmung von Dr. Brand, inzwischen anwaltlich bestens vertreten, hatte nichts gebracht. Hingegen die von Paul Stöger umso mehr.

Zweite Vernehmung des Beschuldigten, Paul Stöger:

„Vernehmung durch Kriminalhauptkommissar Heller und Kriminalhauptkommissarin Thies. Beginn der Befragung: 08:00 Uhr.

Anwesend ist außerdem der Beschuldigte, Paul Stöger.

Bitte, nennen Sie Ihren Namen und Ihr Geburtsdatum. "

Paul Stöger machte mit kraftloser Stimme die verlangten Angaben.

„Wenn du schon piepst wie ein Vogel, dann hoffe ich, dass du auch ebenso schön singen kannst, mein Lieber. "

Björn machte da weiter, vor er bei der letzten Vernehmung geendet hatte.

„Was wollen Sie noch? ", sagte Paul Stöger, *„ich habe doch schon alles gesagt, was ich weiß. "*

Der Beschuldigte war vom vertrauten DU, Björn gegenüber, zum SIE übergewechselt. Eine Mischung aus Angst und Respekt hatten ihn wohl dazu gebracht.

„*Hast du nicht, Paul*", erwiderte Björn, worauf Paul sagte:

„*Ich verlange eine neue Identität und Straffreiheit.*"

„*Wie oft denn noch*", erwiderte Björn, „*die hast du doch schon.*"

Die Tatsache, dass der Beschuldigte wiederholt eine neue Identität und Straffreiheit verlangte, zeigte, wie nervös und verunsichert er war.

„*Weißt du was, Paul?*", sagte Björn nach kurzem Zögern, „*wir vergessen das Ganze. Ich werde dich jetzt entlassen. Dann mache ich das mit dem Bild in der Zeitung, und ich habe ja noch den Dr. Brand, den ich fragen kann.*"

Björn stand auf und schickte sich an, den Raum zu verlassen.

„*Bitte nicht! Ich sag ja schon alles.*"

Es war ein flehentlicher Aufschrei, getragen von einer Angst vor etwas Schrecklichem.

Björn blieb stehen. Ohne sich umzudrehen, sagte er:

„*Glaubst du, ich habe meine Zeit gestohlen? Einmal willst du alles sagen, dann wieder nicht. Ich habe keine Lust mehr auf deinen Blödsinn.*"

Björn machte einen weiteren Schritt auf die Tür zu.

„So bleib doch hier. Ich werde wirklich alles sagen, was ich weiß."

Paul Stögers Stimme erstickte fast in dessen Tränen. Dieser Mann war eindeutig gebrochen.

Karola hatte mit Elke zusammen die Vernehmung an einem Monitor im Nebenraum verfolgt. Und obwohl sie Björns Lebensgeschichte durch Elke erfahren hatte, und obwohl sie wusste, dass der Beschuldigte kein Chorknabe war, empfand sie Mitleid mit dem Mann.

Es fiel ihr schwer, Bewunderung für die zielführende Arbeit von Björn zu empfinden und sie fragte sich, ob das wirklich der Weg wäre, den sie einschlagen wollte.

„Jetzt hat er ihn", sagte Elke, *„mein Björn ist einfach der Größte."*

Und Paul Stöger sang. Er sang wie ein Zeisig, und was er da von sich gab, war unvorstellbar und verachtungswürdig.

Die Gruppe, gesponsert durch Bodo von Kornfeld, Leiter eines Imperiums und Enkel des Generals im 2. WK, Heinrich von Kornfeld, der bis zum Schluss für den Endsieg kämpfte, wurde von einem

Triumvirat[10] geführt, das sich militärischer Dienstgrade bediente.

An der Spitze: Dr. Ulf Tanner, General
1. Stellvertreter: Dr. Eberhard Brand, Oberst
2. Stellvertreter: Paul Stöger, Hauptmann

Verbindungsoffizier war die Frau des Ortsvorstehers, Marianne Kerschbaumer, die sich Leutnant titulieren durfte.

Der Name der Gruppe, denn von etwas anderem konnte man bei dem geringen Mitgliederstand wohl kaum sprechen, war **DDD – Deutschland Den Deutschen,** und Ziel ihrer Arbeit war die Umsetzung des Wahlspruchs.

Mit welchen Mitteln, dieser Wunschtraum Wirklichkeit werden sollte, vermochte noch nicht einmal das geständige Triumvirats-Mitglied Paul Stöger zu sagen.

Eines war jedoch sicher. Von militärischen Mitteln oder irgendwelchen Anschlägen konnte keine Rede sein.

Das schloss jedoch nicht aus, dass innerhalb der Gruppe strenge Regeln galten. Absoluter Gehorsam und Loyalität waren oberstes Gebot.

---

[10] *In der römischen Antike Bund dreier Männer als eine Art Kommission zur Erledigung bestimmter Staatsgeschäfte.*

Zuwiderhandlungen wurden hart bestraft.

Und genau das widerfuhr der Familie Schwedler.

Erika Schwedler hatte von dem Zirkus der **DDD** die Nase voll und wollte weg aus Neu-Rieventhal. Nicht anders verhielt es sich bei ihren Kindern.

Lars konnte bei seinem Studium sehr gut Erfolge nachweisen und hatte sich bereits mit einer Karriere als Anwalt angefreundet.

Tochter Laura hatte sich unsterblich in ihren Chef verliebt, der ihre Liebe jedoch nicht erwiderte.

Das hatte dazu geführt, dass sie im Kreis ihrer Familie mehrmals Drohungen gegen den Zahnarzt ausgesprochen hatte, was der Vater nicht gutheißen konnte, war er doch ein 100-prozentiger Vertreter der Sache des **DDD**.

Wie von ihm nicht anders zu erwarten, meldete er dem Triumvirat die Treulosigkeit seiner Familie.

Eine interne Gerichtsverhandlung kam zu dem Ergebnis, das Geschwür müsse aus der Gemeinschaft entfernt werden.

Der eigene Ehemann und Vater wurde zum Vollstrecker bestimmt.

Als Natascha damals Lars besuchen wollte, kam sie gerade dazu, als er, sein Vater, und noch weitere Männer ein Grab aushoben.

Nach Meinung des Triumvirats war die zusätzliche Hinrichtung des Familienvaters, Dominik Schwedler unumgänglich.

So wurde aus dem Henker ein Gehängter, und sein Vollstrecker war Klaus, der Kettenhund des Vereins.

Die Leichen der Familie wurden zerstückelt und auf mehrere Gräber verteilt, die sich alle im Garten, auf der Rückseite der Gebäude befanden.

Sie wurden exhumiert werden und ihre Identität konnte nach und nach bestätigt werden.

Es handelte sich um Erich Meisner, Merle Schütz, Stephan Kurz, der wohl auf der Fahndungsliste des Verfassungsschutzes stand, sich aber nie etwas zuschulden kommen lassen hatte, und Barbara Kellner.

Alle diese Personen standen in keinem Verwandtschaftsverhältnis und hatten sich auch nie zuvor gesehen.

Hinter den Häusern und seinen bunt zusammengewürfelten Bewohnern stand die Idee eines verrückten, reichen Mannes, der in die Fußstapfen seines Großvaters treten wollte, dessen Stiefel ihm jedoch eine Spur zu groß waren.

Die Köpfe des **DDD** und einige Mitarbeiter wurden zu langen Freiheitsstrafen verurteilt, und Klaus, der Kettenhund, würde das Gefängnis wohl nicht mehr lebend verlassen können.

Bodo von Kornfeld hingegen blieb unangetastet.

Ein weiterer Verlierer war Paul Stöger. Eine neue Identität und Straffreiheit war ihm zwar von Björn mündlich und in schriftlicher Form zugesagt worden, war jedoch rechtlich irrelevant.

Eine solche Zusage kann nur eine Staatsanwaltschaft machen und kein Ermittler. Die Angelegenheit würde zwar ein Disziplinarverfahren für Björn nach sich ziehen; aber Tante Elke würde das sicher irgendwie in Ordnung bringen.

*****

Ein Abschiedsessen bei Gisela stand an. Die Botschaft über die Machenschaften des **DDD** und deren Zerschlagung hatte schnell die Runde gemacht.

Das hatte dazu geführt, dass der Dorfkrug wieder in großer Zahl von den Einheimischen besucht wurde. Was den mysteriösen Unfalltod von Giselas Ehemann betraf, so hatte Elke erwirkt, dass der Fall neu aufgerollt werden würde.

„Unser letztes gemeinsames Essen", sagte Eva Anna fast ein wenig traurig.

Auf dem Tisch stand eine Platte mit panierten Schweinsschnitzeln und eine große Schüssel mit Erdäpfelsalat.

„Ich werde das gute Essen von Gisela vermissen", sagte Babs und die anderen Damen schlossen sich an.

„Und ich werde euch vermissen", sagte Elke, *„und obwohl dieser Fall die Abgründe menschlichen Handelns aufgezeigt hat, hat mir die Arbeit trotzdem Spaß gemacht."*

„Könnt ihr nicht noch länger bleiben?"

Die Frage kam von Gisela, die mit einem Tablett mit Schnaps an den Tisch getreten war.

„Leider nein", antwortete Eva Anna, *„aber wir können dich ja einmal besuchen kommen. Neu-Rieventhal ist ja nicht aus der Welt."*

„Wo sind eigentlich Karola und Björn?", fragte Marianne, worauf Biggi antwortete:

„Die betreiben Recherche."

„Was für eine Recherche?", fragte Elke erstaunt.

„Sie untersuchen, ob es irgendwelche Gemeinsamkeiten gibt, auf denen man aufbauen könnte…"

*****